昨夜星辰

高盛元 著

中国友谊出版公司

通常我是不会读序的

1

2021年的秋天,我在深圳中学开了一门新的选修课——唐诗导读。

这之前,我还开过另外两门课。一门是汪曾祺作品导读,一门是《红楼梦》导读。

每次到了周四下午,我上课的教室都挤满了人。

经常有同学抢不到座位,于是就去搬隔壁教室的椅子。

椅子被搬完了,有的同学干脆就席地而坐。

为了改善这个情况,我在上唐诗导读之前找到了一位选课的同学,请他帮我在课堂上录像。这样大家就可以去看视频了,教室里的氧气含量就会充足一些。

于是就有了b站上的视频版唐诗导读。

2

视频传到 b 站以后，一开始还没什么人看，但是大概过了一个多月，点击量越来越高，其中一个讲边塞诗的视频很快到了一百万。关注我的人也越来越多。

那一阵，几乎每天都会有一万多人来关注我。

这让我感到很不安。

我知道我讲课还不错，但是没想过会成为一个"网红"。

这给我上课带来了一些压力。

但是看到网上的弹幕和评论区的留言，我也受到了很大鼓励。我忽然发现在今天这样一个快节奏的时代里，还是有很多人愿意拿出一点时间给诗，给文学。

文学并没有死去。

3

这门课最初有一个完整的设计，我希望尽可能给上这门课的同学搭建一个比较完善的知识体系。

考虑到是选修课，再加上高中生的课业负担比较重，我选的都是一些大家熟悉的诗。

但在解读的过程中，我想尽量提供一些不同的角度，打开一首诗丰富的情感世界，释放出更多可能性。

每次上课之前，我都会认认真真地写好详细的提纲。

这本书，就是从这门课脱胎而来，是根据课堂的录音稿改写而成的。

原本想偷懒，想着在转写好的录音稿上稍做修改就可以了。但是改着改着，发现自己几乎是重写了一遍。不仅是订正了课堂上的一些错误，对一些诗的解读也稍微深入了一些。

我把原本的十五堂课调整删减成了十二讲，每一讲的内容大概是这样的：

《当时与此刻》谈的是人生中物是人非的体验，以及这种无常感对于诗歌写作的推动。《繁华与荒芜》从个人的物是人非谈到历史的沧海桑田，并且总结了怀古诗写作的一般模式。

《沙场与闺房》谈的是战争，讲到了边塞诗和闺怨诗。《等待与叹息》从闺怨诗谈到了宫怨诗。

《爱与被爱的》谈的是唐诗中的爱情，《离别与重逢》是友情，《旅途与故乡》是一个人在路上的孤独以及对故乡的书写。

从第八讲开始，就不再以题材和诗人的情感类型为中心，而是转向诗意产生的时刻，转向一些自然要素对诗歌写作的推动。

《黄昏与月光》是把一天作为考察的范围，《落花与秋风》谈论的是一年中的两个季节，《夜雨与风雪》分析的则是雨雪落下的时候。

最后两讲带有一些总结的性质。《叩问与回响》谈的是自然之于诗人的意义，核心在于"美"。《孤独与永恒》只分析了《春江花月夜》一首诗，落脚点是"爱"。

美和爱，我认为这是我们人生中最重要的两样东西。

4

  我在备课的过程中，参考了很多古人的观点。但是考虑到面向的对象是高中生，所以在课堂上就没有做过多的引用。但在写作这本书的时候，我把前人的一些精彩论述都加入了进去。

  中国古代的诗文评十分丰富，常常是三言两语就能切中要害。比起我们今天动不动就千字、万字的文本解读实在是高明不少。

  我不是研究唐诗的专家，也不是古代文学科班出身，其实只能算是一个普通的文学爱好者，因此也谈不出什么高深的见解。这本书里属于我自己的观点大概并不多，我把我备课过程中参考过的书目都列在了最后的"参考文献"里。

  除此之外，我还要对 b 站表示感谢。我在 b 站上听了很多老师的课程，比如叶嘉莹、骆玉明、戴建业、欧丽娟，等等。这些老师的课程都对我理解诗歌、讲解诗歌提供了重要的启发。我要对他们说声"谢谢"。

5

  这是我人生中出版的第一本书。

  我上一年级的时候，学校发了一本崭新的笔记本。我拿着这本笔记本回家，郑重其事地对我爸和我妈宣布，我要写一本书了！

  我在本子第一页的第一行，认认真真写下了四个大字：我的童年。

  但我不知道如何继续写下去了。一来我掌握的汉字有限，二来我的童年实在乏善可陈。我每天不是在幼儿园里吃喝拉撒,就是和小朋友们玩耍或者打架。这有什么好写的呢?

那本书之后就再没了下文。

以后的很多年里,我都一直怀着写一本书的梦想。

大学读了中文系,我写了很多小说和文章。研究生读了创意写作,我又写了很多小说和文章。

我一直以为自己人生中的第一本书应该会是一本小说集或者散文集。

但是在我二十六岁这年,我要正式出版人生中的第一本书了,它既不是小说,也不是散文,而是一本解读唐诗的书。

真是造化弄人。

6

作为一个读书不算少的读者,我不喜欢写得很厚的书。

我的这本书并不算厚,我感到很满意。

另外,通常我是不会读作者写的序的。

第一讲　当时与此刻

诗把生活酿成酒　　　　　　2
未完成的爱　　　　　　　　6
在追忆中重逢　　　　　　　8
情感的失重　　　　　　　　10
缺席的他者　　　　　　　　11
四分之一个世纪的长度　　　15
昨日之我与今日之我　　　　18
因为"无端"，所以"惘然"　22

第二讲　繁华与荒芜

夕阳是时间的颜色　　　　　28
燕子去了又来　　　　　　　33
草木有情或者无情　　　　　35
旧时月，照着秦淮河　　　　37
有烟火处有人家　　　　　　41

第三讲　沙场与闺房

明月何时照我还　　　　　　44
春风吹不到的地方　　　　　46
忽然被击中　　　　　　　　50
君莫笑，君也莫流泪　　　　52
战争与"她们"有关　　　　54

目录

第四讲　等待与叹息

三个女人的故事	60
压在心底的"怨"	64
透明的夜晚	66
流萤与星光	70
生活无聊而无望	72
弃妇与逐臣：性别的置换	74

第五讲　爱与被爱的

相逢在水上	80
不能说的秘密	86
冷漠面具	90
誓言不堪一击	92
死亡的滤镜	97

第六讲　离别与重逢

重复的声音	102
已觉是两乡，何曾是两乡	105
预先支取的思念	107
望到望不见为止	110
延缓的分别	112
这个世界下雨了	114
雕刻时光	115
在梦和现实交界的地方	122
你好，再见	125

第七讲　旅途与故乡

- 也许是个错误　132
- 充满未知的旅途　135
- 他们也在想我吧　136
- 被推进春天的人　139
- 与平凡和解　142
- 那一晚的钟声　144
- 刻在 DNA 上的乡愁　147
- 还有几句未完的话　151
- 熬成故乡的他乡　153
- 客，从何处来　155

第八讲　黄昏与月光

- 牛和羊已经回家了　160
- 青春融化在夕阳里　162
- 时间不会等你　164
- 在消失前驻足　166
- 月光是一座桥　168

第九讲　落花与秋风

- 二手写作　176
- 悲伤的迷宫　179
- 美与缺憾并存　181
- 平庸的惆怅　183
- 两个杜甫　184
- 远方与我有关　188

目录

第十讲　夜雨与风雪

想象一个温暖的夜晚　　192
回不去的梦　　194
在人间投宿　　197
一张便条　　198
可以随时停止的写作　　202
雪落满渔船　　204

第十一讲　叩问与回响

徒劳无功的寻访　　208
天诚实地蓝着　　211
光落在青苔上　　214
生命是一场空吗　　215
两个打鱼的故事　　217
自然的回答　　219

第十二讲　孤独与永恒

江水流向大海　　223
如果孤独是必然　　225
我愿意化作月光　　226
春天要结束了　　228
一个人的独角戏　　229
爱是永不止息　　233

参考文献　　237

though
1 当时与此刻

这本书和唐诗有关。

我想诗是语言的艺术。读诗,其实就是在词语的空隙之间行走。我没有什么特殊的方法,只能和大家尽可能在词语那里多停顿一些时间。

我选的都是大家熟悉的诗。但我想多停顿的那几分钟、几秒钟也许会磨砺我们对语言的敏感,会让我们发现一些不同的东西。

我们今天使用语言的方式比较粗糙,读诗也许会净化我们自己的语言系统吧。

另外,读唐诗,认识李白、理解杜甫当然重要,但阅读始终是和我们自己有关的事,更重要的可能是我们在诗里读到了怎样的自己。

唐代看起来离我们很远,但人性中总有共通的东西。时间并没有让那些基本的人类情感发生多大变化。

如果可以的话,我希望这些诗可以成为我们的安慰,在人生这场孤独旅途中的安慰。

·诗把生活酿成酒·

我们先从一首简单的诗看起,崔护的《题都城南庄》:

去年今日此门中,人面桃花相映红。
人面只今何处去,桃花依旧笑春风。

如果翻译一下的话，就是这样：我去年的今天来到这个地方，一位姑娘站在那里。她旁边盛开着桃花，她和桃花一样漂亮。等到我今年再来，桃花还是那样的桃花，它仍然盛开在春风里，但是从前的那个姑娘已经不知道去哪里了。

把这首诗放在第一首，其实是希望通过它，来谈论一些读诗的话题。

读诗不是把诗歌翻译成散文。我把这首诗翻译完了，但这对于我们理解这首诗其实没什么帮助。

清代的吴乔在《围炉诗话》中说：

> ……意喻之米，饭与酒所同出。文喻之炊而为饭，诗喻之酿而为酒。文之措辞必副乎意，犹饭之不变米形，啖之则饱矣。诗之措辞不必副乎意，犹酒之变尽米形，饮之则醉矣。

吴乔的这个比喻很精彩。诗人的"意"就像是米一样。这个"意"是诗人创作的基础，是创作的原材料。文章是什么呢？文章是把米变成了饭。诗歌是什么呢？是把米变成了酒。

米变成饭，蒸熟就可以了，简单加工，形态不发生变化。但是米酿成酒，程序很复杂，最后形态完全不一样了。按照吴乔的说法，读文章，只能"饱"。但是读诗像喝酒，会"醉"。我们现在如果把诗翻译成散文，相当于把酒变成了饭。

按照通常的做法，好像还要看一看这首诗的背景。

唐代孟棨的《本事诗》中记载了和这首诗有关的故事，这个故事是这样的：

崔护到长安参加科举考试，但是没有中。清明这天，他自己去城南郊外散心。

他路过一户人家。周围花草很茂盛，好像没有人住。他去叩门，过了很长时间，有个姑娘从门缝里往外看，问是谁。崔护报上姓名，说自己口渴了，讨杯水喝。姑娘进去，拿了水出来，自己倚在桃树边站着。

这个姑娘长得很漂亮。崔护一边喝水，一边和她搭讪，但是这个姑娘不讲话。崔护就这样看着她。

崔护喝完水要走了。走的时候，姑娘把他送到门口。两个人大概彼此都有一点意思，但是都没有说什么。

这之后，崔护一年没有来过。

第二年清明，崔护想起那个姑娘，情不自抑，就去找她。结果发现这户人家的大门锁上了。崔护很感慨，就在门上写了这首诗。

过了几天，他碰巧来到城南，于是又去寻访这户人家。他听到这户人家里面有哭声，就叩门去问是怎么回事。

里面走出来一个老人，老人说，你是不是那个叫崔护的人？崔护说我是。老人说，就是你把我女儿害死了。崔护感觉很奇怪，说怎么是我把你女儿害死了呢？老人说，自从去年以来，我女儿每天恍恍惚惚若有所失。前两天我和她出门，回来之后，看见门上题了这么一首诗，我女儿就病了。她好几天不吃饭，现在已经去世了。老人说完就抱着崔护大哭。

崔护听完，很感动，也很难过。他到屋里面吊唁。姑娘还没有被装殓，就在床上。崔护过去，一边哭，一边说，我在这里呀，我在这里呀。一会儿工夫，姑娘睁开了眼。又过了半天的时间，竟然完全活过来了。

老人特别高兴，他于是就把女儿嫁给了崔护。最后皆大欢喜。

虽然这是一段唐代人记载的故事，但是我还是觉得不可信。好像这个故事就是为这首诗而编的。

很多时候，所谓的背景也不能帮我们理解一首诗。

我不是说背景不重要，我只是说背景不是我们理解诗歌的必经之路。一来很多背景是后人编造的，没什么依据，想当然耳。二来很多背景过于宏大，不能精准地与诗歌产生的"那一刻"对应起来。诗歌往往产生于瞬间，是很多种情绪混合的结果。有时候依照一个宽泛、宏大的背景来阐释，反而很牵强。

我们读完了孟棨记载的这个故事，结果呢？结果这个故事把我们原本单纯读这首诗会有的感觉完全破坏掉了。

它是怎么破坏的呢？

第一，这个故事把这首诗写作的过程交代得清清楚楚。时间，地点，人物，非常准确，实际上是把这首诗固定在这个情境里了。本来应该由想象来填补的部分，这个故事全部坐实了。这样一来，读者理解这首诗歌的所有可能性都被封闭了。

第二，这首诗有了一个结局，我们看到了一个团圆的结局，收获了一个光明的结尾。诗不再成为诗本身，而是成了一段美好姻缘的媒介，成了一段佳话的道具。诗失去了它的独立性，同时它也变得庸俗了。

古代最喜欢这种大团圆的结局了。但我想诗直面的是人生本身，我们每个人的人生都不是圆满的，诗也并不需要一个圆满的结局。

·未完成的爱·

我们抛开散文化的翻译，抛开背景，重新来读这首诗。这首诗在讲什么呢？它其实是截取了人生的一个断面，描述了一次偶然的相遇，展示了人生的一种常态——缺失和遗憾。

我在无意中邂逅了你，我在无意中错过了你。我以为我们也许有机会重逢，可是当我再来到这个地方，我发现已经再也见不到你了。

我们读这首诗，会发现里面有一种朦胧的期待。这种期待在诗里表现得很隐晦。崔护使用了桃花这个意象。你可以说这是实写。但如果我们联系到中国古典诗歌的文化背景，你会发现桃花是有文化含义的。

《诗经》里有一首诗叫作《桃夭》。"桃之夭夭，灼灼其华。之子于归，宜其室家。"这是一首谈婚姻的诗。桃花开得这么茂盛，女子要出嫁了，她会给她嫁入的家庭带来幸福和喜乐。桃花其实是和婚姻联系在一起的。

桃花这个意象也许有崔护的一些无意识，有他对婚姻的期待。可是这个期待最终是落空的。

崔护写到了人生最常见的一种悲哀——物是人非。但这也是人生最沉重的情感。物是人非的背后,是人生的无常。人生总是有一种不确定性,我们对很多事情没有办法确定地把握。

这个世界上,唯一的不变是变化,唯一的常态是无常,唯一的已知是未知。

可是感受到这种不确定性,恰恰是诗歌发生的时刻。诗意来自于哪里呢?诗意来自于物是人非,来自于对无常的感慨,来自于遗憾和缺失。

东山魁夷说:"……无论何时,偶遇美景只会有一次……如果樱花常开,我们的生命常在,那么两相邂逅就不会动人情怀了。"(《一片树叶》)

如果说故地重游,诗人和从前那个女孩子在桃树下又一次相遇,可能就没有这首诗了。

我很喜欢张爱玲的一篇散文,题目是《爱》。原文并不长,我把它抄在下面:

这是真的。

有个村庄的小康之家的女孩子,生得美,有许多人来做媒,但都没有说成。那年她不过十五六岁吧,是春天的晚上,她立在后门口,手扶着桃树。她记得她穿的是一件月白的衫子。对门的年轻人同她见过面,可是从来没有打过招呼的,他走了过来。离得不远,站定了,轻轻的说了一声:"噢,你也在这里吗?"她没有说什么,他也没有再说什么,站了一会,各自走开了。

就这样就完了。

后来这女子被亲眷拐子卖到他乡外县去做妾,又几次三番地被转卖,经过无数的惊险的风波,老了的时候她还记得从前那一回事,常常说起,在那春天的晚上,在后门口的桃树下,那年轻人。

于千万人之中遇见你所遇见的人,于千万年之中,时间的无涯的荒野里,没有早一步,也没有晚一步,刚巧赶上了,那也没有别的话可说,惟有轻轻的问一声:"噢,你也在这里吗?"

爱在很多时刻是一种未完成的状态。

这种未完成,这种遗憾和缺失,可能恰恰是人生本身。这里面有哀伤,但同时也有美的成分。

·在追忆中重逢·

在中国传统文学里,创作其实有很多种动力。其中一个很重要的动力,就是对不朽的期待。

曹丕写过一篇文章叫作《典论·论文》,里面论述了他对文章的看法:

> 盖文章，经国之大业，不朽之盛事。年寿有时而尽，荣乐止乎其身，二者必至之常期，未若文章之无穷。

他说我是会死的，我的生命是会停止的，我享受到的所有快乐，有一天会随着我的离去而终结。但是文章是不朽的，文字可以打败时间。

这是一种创作的动力，希望自己不朽，希望自己克服时间。

可是我想还有另外一种创作。

《诗大序》里面讲："情动于中而形于言。"诗人心里受到触动，于是就把它写了下来。这是一种"不得不"的状态，而不是说他有那种很明确的对于不朽的期待。文学有时候就是一种"不得不"，我心里面有话要讲出来。

而这种"情"，这种"不得不"，和快乐基本上是无关的。诗里面很少有快乐、有喜悦，大多数时候都是哀伤、怅惘、失落。韩愈说："欢愉之辞难工，而穷苦之言易好也。"（《荆潭唱和诗序》）

往往诗人故地重游，发现物是人非，产生一种对于无常的感慨，心里的情绪被触动，于是把它写了下来。

而这种写作的一个基本方式就是——追忆。

追忆，其实是诗人面对这个不确定的世界，去获得一些确定性的东西。自己至少还可以把握到温暖的回忆。

我们每个人的人生只有一次，但是通过文字，却可以把曾经走过的路再走一遍。

"去年今日此门中，人面桃花相映红。"崔护从回忆开始写起。他写的是回忆中的人。在现实中，他们无法再重逢，因此他只能在回忆中与她相遇。当他回忆起她的时候，他们之间是有距离的，而这个距离让他笔下的女孩子越发美丽。

回忆就像一个滤镜，它带有修饰功能。活在崔护回忆中的这个女孩子会永远美丽下去。她的美超越了时间。

·情感的失重·

我们来看一首和《题都城南庄》类似的诗，独孤及的《和赠远》：

忆得去年春风至，中庭桃李映琐窗。
美人挟瑟对芳树，玉颜亭亭与花双。
今年新花如旧时，去年美人不在兹。
借问离居恨深浅，只应独有庭花知。

去年美人在这里，今年美人不在了，花还是这样盛放。他写的和《题都城南庄》是一回事，但是用了双倍的字数，显得很啰唆。同样的情感在这首律诗里被稀释了。

唐诗里情感浓度最高的体裁是什么呢？我想是绝句。绝句虽然短小，但是里面的情感往往能在瞬间发生变化。

绝句一般在第三句的时候发生转折。杨载在《诗法家数》中说："……至如宛转变化工夫，全在第三句，若于此转变得好，则第四句如顺流之舟矣。"也有一些绝句是在第四句的时候转折。

"去年今日此门中,人面桃花相映红",诗人把我们的情绪带进回忆里,一个非常美好的画面。但是第三句开始转折,让我们从对美好的期待当中脱离出来。诗人的期待,是桃花现在还在这里,这个女孩子现在也还在这里,而他们将会有一段美满的婚姻,就像孟棨的故事里讲的那样。但是诗人的情绪在这里发生了变化,他说"人面只今何处去",这就形成了落差。

我们坐过山车的时候会有失重的感觉,它在一瞬间把我们升高,又在一瞬间让我们落下去。而诗歌也是这样。一首好诗,它里面会有情感的落差,它会让读者产生失重的感觉。绝句往往能在很短的篇幅里形成这样的落差,造成读者情感上的失重。

· 缺席的他者 ·

我们通过《题都城南庄》谈论了一些理解诗歌的基本话题。接下来我们就从《题都城南庄》出发,看一些类似的诗歌,看一看诗人们是如何表达物是人非的,看一看能否提炼出一些共通的模式。

我们先来看赵嘏的《江楼感旧》:

独上江楼思渺然,月光如水水如天。
同来望月人何处?风景依稀似去年。

赵嘏的这首《江楼感旧》和《题都城南庄》的结构很像。区别在于，崔护是从回忆写起，由过去写到现在，赵嘏是从现在写回过去。

赵嘏是晚唐比较有名的诗人。他写过一首《长安晚秋》，里面有一句很好，"残星几点雁横塞，长笛一声人倚楼"。杜牧很欣赏赵嘏的这首诗，于是称他是"赵倚楼"。

"独上江楼思渺然"，因为是"独上"，所以"思渺然"，思绪飘向远处，飘到回忆里去了。要是从前和我一起望月的人还在，思绪就不会飘远了。

"昨夜西风凋碧树，独上高楼，望尽天涯路。"（晏殊《蝶恋花·槛菊愁烟兰泣露》）"独上高楼"，不愁也愁。所以辛弃疾说"少年不识愁滋味，爱上层楼"（《丑奴儿·书博山道中壁》），年纪小，没什么经历，"爱上层楼"，愁不请自来。可是慢慢有经历了，知道愁不是什么好事，吴文英说："都道晚凉天气好，有明月、怕登楼。"（《唐多令·惜别》）

"月光如水水如天"，这句真好，一个纯净的没有杂质的世界。没办法翻译。怎么翻译呢？月光像江水，江水像夜空？月光，江水，夜空，三者没有界限，融合在一起。

"天与云与山与水，上下一白。"（张岱《湖心亭看雪》）张岱写的是被雪笼罩的世界，但意境和赵嘏的这句类似，赵嘏写的是月光下的世界，水天一色。苏轼的《记承天寺夜游》里有一句："庭下如积水空明，水中藻、荇交横，盖竹柏影也。"这一句拿来解释"月光如水"最好。"醉后不知天在水，满船清梦压星河"（唐珙《题龙阳县青草湖》），这一句可以拿来解释"水如天"的意境。

"同来望月人何处，风景依稀似去年。"为什么是"风景依稀似去年"呢？风景是一样的，可是缺了人，所以说好像一样，但是好像又不一样。差别就在这里。月光，江水，高楼，这些都没有变，在所有的元素都没有变化的情况下，故人的缺席就显得格外明显了，因为他或者她成了唯一的变量。

我们不必追究是友人还是情人，总之这首诗传达了故人不在的一种落寞。

雍陶的《望月怀江上旧游》和赵嘏的《江楼感旧》异曲同工：

> 往岁曾随江客船，秋风明月洞庭边。
> 为看今夜天如水，忆得当时水似天。

唐诗的这种物是人非的写作模式，其实会影响到后代的诗歌。我举一些有代表性的例子，比如欧阳修的《生查子·元夕》：

> 去年元夜时，花市灯如昼。
> 月上柳梢头，人约黄昏后。
> 今年元夜时，月与灯依旧。
> 不见去年人，泪湿春衫袖。

"去年元夜时，花市灯如昼。"元夜是正月十五，晚上灯火辉煌,像白天一样亮。"月上柳梢头,人约黄昏后",非常美好的场景。可是"今年元夜时,月与灯依旧",月亮没有变,灯没有变,可是人不见了。"不见去年人,泪湿春衫袖。"

像《题都城南庄》一样,这首词也用了很多相同的词语,造成一种回环的效果。

富寿荪在评价《题都城南庄》的时候说:"此诗不特有二'今'字,'人面桃花'四字亦复,而缘此益得前后呼应,循环往复之妙。"(《千首唐人绝句》)其实相同词语的反复出现,就好像营造了一个时间的迷宫。元夜、月、灯……这些同样的元素在重复,可是有的元素并没有重复,因此风景只能是"依稀"相似。

在时间的迷宫里,两个人走着走着,可能另外一个人就走丢了。

宋词是这样,现代诗里也有类似的写法。徐志摩飞机失事以后,林徽因写了一首怀念的诗,题目是《别丢掉》。有几句写得特别好:

……
一样是月明,
一样是隔山灯火,
满天的星,只有人不见,
梦似的挂起。
……

月亮还是那个月亮,星星还是那个星星,但是你已经不在了。

·四分之一个世纪的长度·

接下来我们集中看一个诗人——刘禹锡,观察他写的有关物是人非的诗歌。先来看这首《杨柳枝》:

> 清江一曲柳千条,二十年前旧板桥。
> 曾与美人桥上别,恨无消息到今朝。

这一首《杨柳枝》其实和我们前面讲的都类似,还是一种比较个人的情感。"当时轻别意中人,山长水远知何处。"(晏殊《踏莎行·碧海无波》)"忆得旧时携手处,如今水远山长。"(辛弃疾《临江仙·手捻黄花无意绪》)我回想起当年我们一起拉过手的地方,那个场景、那些回忆,现在已经离我很远了。我们之间已经隔了千山万水,再也回不到从前了。

人生有很多偶然性。有时候两个人一转身,可能就是一辈子了。

刘禹锡参加政治改革,结果后来换了皇帝,掌握权力的人不一样了,他就被贬到朗州。他在朗州待了十年才回到京城。回来以后他写了这样一首诗,《元和十年自朗州至京戏赠看花诸君子》:

> 紫陌红尘拂面来,无人不道看花回。
> 玄都观里桃千树,尽是刘郎去后栽。

"紫陌红尘拂面来",紫陌就是长满了花草的大路。"红尘拂面来",说的是行人、车马扬起的尘土。"无人不道看花回",去看花的人络绎不绝,现在都在往回走。没有写花怎么漂亮,但是我们可以读到花盛开的那个场面。"无人不道",大家都在谈论花。

"玄都观里桃千树",玄都观,一个道观,种了这么多的桃树,可是"尽是刘郎去后栽"。刘郎就是他自己。他其实在表达一种感慨,我在这里的时候没有这么多花,我走了之后却开了这么多的花。时间改变了很多东西。

刘禹锡写完这首诗没过多久,他又被贬了。

等到他再回来,是十四年以后的事情了。两次被贬,前后一共是二十四年,一个人有几个二十四年?他回来之后,又去玄都观,写了下面这首诗,《再游玄都观》:

百亩庭中半是苔,桃花净尽菜花开。
种桃道士归何处,前度刘郎今又来。

"百亩庭中半是苔,桃花净尽菜花开。"这么大的院子里面,一半都长满了青苔。经常有人走的话,不会有青苔。桃花都没有了,全都是菜花。

"种桃道士归何处,前度刘郎今又来。"读到这里,你可能会觉得他有一点开心。但是又会觉得很悲凉。二十四年了,"前度刘郎今又来"。他活得比较长一点,曾经种花、看花的那些人可能都不在了,但是他也老了。

这个地方原来没有花,他走了之后种上了花。后来这里的花全都落光了。

他写的其实也是人生的花开花落。

在花开花落的背后,是刘禹锡个人的浮沉。但是在刘禹锡个人浮沉的背后,是朝代的变换,是不同政治势力的兴衰更迭。

我想这两首诗给我们提供了一点新的东西,虽然诗人还是在写物是人非这种我们已经非常熟悉的情感,但是这个物是人非背后有一个大的时代,这里面有政治的因素。个人随着时代的潮起潮落而起伏不定。

刘禹锡回来之后,还写了许多诗,这首《与歌者何戡》也写得很好:

> 二十馀年别帝京,重闻天乐不胜情。
> 旧人惟有何戡在,更与殷勤唱渭城。

天乐,就是宫廷的音乐。二十多年之后他回来了,又听到了宫廷的音乐。但他从前的朋友,现在只剩下何戡了。

渭城,是《渭城曲》,就是王维写的那首《送元二使安西》。一般送别的时候会唱这首曲子:"劝君更尽一杯酒,西出阳关无故人。"刘禹锡的回忆被这首歌触发。

我们前面讲,"人面只今何处去,桃花依旧笑春风","同来望月人何处,风景依稀似去年",都是通过故人的不在场来表达遗憾。但是这首诗,刘禹锡写的是在场,何戡还在呀,还能够唱《渭城曲》。但是我们读起来,却觉得更悲凉。

原因在哪里呢?

原因就在"惟有"这两个字上。

刘禹锡写何戡的在场,但是他用"惟有"这两个字,实际上写的是更多人的缺席。

李锳说:"无一旧人能唱旧曲,情固可伤,犹若可以忘情;惟尚有旧人能唱旧曲,则感触更何以堪。"(《诗法易简录》)

刘禹锡给我们展示的是一个人,但是同时他把我们的想象引向那个已经不存在的群体。"访旧半为鬼,惊呼热中肠。"(杜甫《赠卫八处士》)人到了中年,再去寻访以前的朋友,好多已经不在这个世上了。

《渭城曲》是送别的曲子。当何戡唱起它的时候,刘禹锡的回忆会被带回当初离开京城的场景吧。他走的时候,估计有很多人为他送行。朋友们折柳送别,端起酒杯,唱着"劝君更尽一杯酒,西出阳关无故人"。现在他一个人回来了,但是曾经送他走的那些故人旧友,已经再也见不到了。

其实诗人的感慨在第一句里已经很浓了,"二十馀年别帝京"。这是四分之一个世纪的长度。

·昨日之我与今日之我·

我们最后来读李商隐的这首《锦瑟》:

锦瑟无端五十弦,一弦一柱思华年。
庄生晓梦迷蝴蝶,望帝春心托杜鹃。
沧海月明珠有泪,蓝田日暖玉生烟。
此情可待成追忆,只是当时已惘然。

这首诗很美,但是也难懂。我们先说什么是锦瑟。瑟是一种乐器,锦瑟就是有着华丽花纹的瑟。瑟这种乐器弹奏出来的曲调大概比较悲伤。《史记》中记载:"太帝使素女鼓五十弦瑟,悲,帝禁不止,故破其瑟为二十五弦。"

李商隐看见锦瑟,到底想起了什么?有很多种不同的说法。因为李商隐没有讲清楚。李商隐的诗全都是谜语,要靠你自己猜。他写过很多首《无题》。这首其实也类似一首《无题》,取第一句前两个字做题目,你还是不知道他要说什么。

有的人认为《锦瑟》是一首写乐曲的诗。中间四句就是写瑟这种乐器能弹奏出来的四种不同的声调,分别是:适、怨、清、和。

也有人认为锦瑟是人名,是李商隐的恩人令狐楚家的婢女。刘攽说:"李商隐有《锦瑟》诗,人莫晓其意,或谓是令狐楚家青衣名也。"(《中山诗话》)李商隐怀念这个婢女,写了这首诗。

还有人认为《锦瑟》是悼亡诗,是怀念他的妻子的。李商隐写过一首诗叫《房中曲》,是悼亡诗。他说:"归来已不见,锦瑟长于人。"这里也提到了锦瑟。于是就有人把这两首诗联系在一起。钱良择说:"锦瑟当是亡者平日所御,故睹物思人,因而托物起兴也。"(《唐音审体》)那么《锦瑟》这首诗到底是不是在怀念妻子呢？我觉得也不一定。毕竟诗里面什么具体的信息都没有透露。

我们读诗，没有必要牵强附会，也没有必要把所有东西都落到实处。梁启超说：

"如义山集中近体的《锦瑟》《碧城》《圣女祠》等篇……这些诗，他讲的什么事，我理会不着……但我觉得他美，读起来令我精神上得一种新鲜的愉快。须知，美是多方面的，美是含有神秘性的。我们若还承认美的价值，对于这种文学，是不容轻轻抹煞啊！"(《中国韵文里头所表现的情感》)

有时候读诗，不懂也没关系。重要的是获得一种美的感觉。

但我们还是尽量搞清楚，这首诗在讲什么。

我们先来看中间两联的四个典故。

"庄生晓梦迷蝴蝶"，讲的是庄周梦蝶的寓言。庄子睡觉，在梦里面变成了一只蝴蝶。他睡醒了以后，发现自己还是庄周。

"望帝春心托杜鹃"，望帝本名杜宇，是蜀国的一个皇帝。他死后化成了一只杜鹃，每天啼叫，发出很悲哀的声音，一直叫到吐血为止。白居易在《琵琶行》里说"杜鹃啼血猿哀鸣"。动物里面，猿和杜鹃的叫声最让人难过。

"沧海月明珠有泪"，李商隐把两个典故混在一起讲。一个典故是月圆的时候，海里的珍珠也会变得圆润。另外一个典故说鲛人流眼泪，眼泪会变成珍珠。

"蓝田日暖玉生烟"，唐代有一个诗人叫戴叔伦，他说："诗家之景，如蓝田日暖，良玉生烟，可望而不可置于眉睫之前也。"(司空图《与极浦书》)这是在说什么呢？一种可望而不可即的状态。

我们把这四个典故放在一起看，他在讲什么呢？

李商隐其实在讲"昨日之我"和"今日之我"的关系。他在讲一个人回忆他的过去的时候会有的情绪。

今天的你，看昨天的你，就像是庄子回忆梦中的蝴蝶，就像是杜鹃回忆曾经作为人的时刻。

姜炳璋说："此五十年中，其乐也，如庄生之梦为蝴蝶，而极其乐也；其哀也，如望帝之化为杜鹃，而极其哀也。"(《选玉豁生诗补说》)

回忆中不总是欢乐，也不总是悲哀。一半一半，悲欣交集。就像是由鲛人的眼泪化成的珍珠，是美的，但是里面有悲伤的痕迹。

回忆就是这样，美与悲伤是并存的。

但是"今日之我"和"昨日之我"之间隔了一条不可逾越的鸿沟。

你回忆从前的时候，那些记忆好像很真实，一切都历历在目，那都是你亲身经历的事。你以为你要触碰到它了，你以为你可以回到从前再来一遍。可是你向前一步，记忆就向后退一步。

就像是蓝田日暖，就像是良玉生烟。

你永远不可能回到过去了。

你看着回忆中的自己，很真实，但是又很不真实。就像一场梦。

所以你要问这首诗在讲什么，其实很简单，只有三个字：思华年。

杜诏说:"庄生梦醒,化蝶无踪;望帝不归,啼鹃长托;以比华年之难再也。"(《中晚唐诗叩弹集》)

悲哀来源于无常。人是在不断地变化着的,人是在不断地趋近死亡的,"物是人非"中的"人",有时候指的其实是自己。今天的你,已经不再是昨天的你了。

·因为"无端",所以"惘然"·

我们回过头来看第一句,"锦瑟无端五十弦"。"无端"是什么意思呢?无端就是没有理由,不知道为什么。薛雪说:"此诗全在起句'无端'二字,通体妙处,俱从此出。意云:锦瑟一弦一柱,已足令人怅望年华,不知何故有此许多弦柱,令人怅望不尽,全似埋怨锦瑟无端有此弦柱,遂致无端有此怅望。"(《一瓢诗话》)

薛雪的眼光精准,一下子就点出了关键。李商隐说的是不明白瑟为什么有五十根弦,可是弦多弦少和他有什么关系呢?他说的是不知道自己为什么就走到了现在这个时刻。"瑟五十弦,一弦一柱而思华年,盖无端已五十岁矣。"(姜炳璋《选玉谿生诗补说》)

因为"无端",所以才会"惘然"。

惘然,有"困惑"的意思,也有"忧伤"的意思。我想在《锦瑟》这首诗里,两个意思大概同时存在。哀伤在于"无端",被时间推着向前,一站又一站,最后来到这里。一根一根弦数过去,其实是自己生命中的一年又一年。困惑也在于"无端",很多事情无法把握,也说不清楚理由。

那么是此刻才觉得惘然吗?不是的。

"此情可待成追忆,只是当时已惘然。""可待"是"岂待、何待"的意思,就是何必等到。我们总是在经历了很多的事情之后,回忆起来,才觉得惘然,才感受到怅惘,才了悟到人生的不确定性,才觉得一切如梦似幻无法把握,才意识到生命本身是神秘的、不可捉摸的。李商隐说不是这样的,我在"当时"就已经惘然了。这是李商隐不一样的地方。

我想借助另外一首词来帮助大家理解最后这两句。我们来看北宋的词人吕本中写的一首词《减字木兰花·去年今夜》:

去年今夜,同醉月明花树下。此夜江边,月暗长堤柳暗船。
故人何处?带我离愁江外去。来岁花前,又是今年忆去年。

还是我们前面讲的模式,物是人非,故人缺席,一个人回忆。

去年这个时候,我们俩一起在这里喝酒。"此夜江边",有月亮,有柳树,有船,可是"故人何处"呢?故人不见了。"来岁花前,又是今年忆去年。"

最后一句写得特别好,他不是单纯把时间向后延展,进入回忆中,说去年你还在这里,今年已经不在了。他不是的,他说"来岁花前",等到明年这个时候我再来,我还是会像今年一样地悲哀。

他有一种预感,他不是等到明年再来的时候才觉得悲哀,而是现在就已经悲哀了。

"料今朝别后，他时有梦，应梦今朝。"（周端臣《木兰花慢·送人之官九华》）"预想前秋别，离居梦棹歌。"（李商隐《荷花》）敏感的诗人会对未来有一种提前的感知。

为什么会这样呢？这可能就是人生经验的累积。获得了很多人生的经验之后，你慢慢会了解到人生的真相。白居易写过一句诗："大都好物不坚牢，彩云易散琉璃脆。"（《简简吟》）生命的真相可能就是这样，美好的事物总是短暂的、易逝的。

一个人在这个世界上失望得多了，可能就不会再有什么期待了。

你不会再期待所谓的团圆，你会对所有悲伤的结局做好准备。

当然，我想李商隐的敏感可能一方面来自于人生的经验，另一方面和天生的个性气质也有关吧。

李商隐特别像《红楼梦》里的林黛玉。

《红楼梦》里写刘姥姥来大观园，贾母带着刘姥姥还有姑娘小姐们一起在大观园的水池子里划船，结果碰到了很多枯败的荷叶。贾宝玉就说荷叶太讨厌了，把它们全拔走吧。林黛玉这时候不高兴了，林黛玉说："我最不喜欢李义山的诗，只喜他这一句：'留得残荷听雨声。'偏你们又不留着残荷了。"

虽然林黛玉说她不喜欢李商隐的诗，可是两个人确实很像。林黛玉不喜欢大家一起吃饭，她想："人有聚就有散，聚时喜欢，到散时岂不清冷？既清冷则生感伤，所以不如倒是不聚的好。"（《红楼梦》第三十一回）在聚的时候她就已经想到散了，甚至没聚的时候她就想到散了。

对于李商隐来说，他不需要等到回忆起曾经的美好，才觉得失落。当他还处在美好之中的时候，可能已经预感到，有一天这些都会离自己而去。即便是可以拥有短暂的快乐，他可能也会觉得不真实，也会提前预感繁华散去的落寞，会预感到快乐消失后的怅惘。

这是李商隐和很多人不太一样的地方。

李商隐写过一首《春风》：

> 春风虽自好，春物太昌昌。
> 若教春有意，惟遣一枝芳。
> 我意殊春意，先春已断肠。

春天百花盛开，但是一般到了暮春时节，看见落花满地，大家难免会感伤。所以诗词中写伤春情绪的很多。但是李商隐不一样。普通人是在春天要结束的时候感伤，李商隐是"先春已断肠"。春天还没到，花还没有盛放，已经预感到将来迟早有凋零的那一天。

李商隐的诗歌为我们提供了一种新的感受时间、理解物是人非的可能，就是悲伤的情绪并非仅仅发生在一切结束以后，发生在回忆的时候。

对于李商隐式的诗人来说，他们承受的失落是双倍的，一次发生在"当时"，一次发生在"此刻"。

繁华与荒芜

这一讲我们来谈怀古诗。怀古诗的写作通常是这样的：诗人游览某处历史遗迹，看见这个地方衰败了、寥落了，于是有感而发，通过现在和过去的对比，呈现出一种历史的虚幻感。曾经的一切，好像一场梦一样。诗人能通过残存下来的痕迹，感受到繁华存在过。但是在他们眼前，更确定的其实是荒芜。

上一讲我们谈到崔护的《题都城南庄》，谈到赵嘏的《江楼感旧》。那些诗都是基于诗人个人的经验。故地重游，发现物是人非，于是感受到人生的无常。那些诗里的时间跨度比较小，最多是一个人的一生。这一讲其实是承接着上一讲而来。怀古诗也是讲"物是人非"，但是这个"物是人非"的时间跨度很大。诗人两只脚踏进历史的河流。他们通过想象，调动出关于某个地方的历史记忆，还原出曾经可能有过的情景。

这样一来，个人的"物是人非"扩大成了历史的"沧海桑田"，时间对于生命的意义就更明显了。滚滚长江东逝水，逝者如斯，历史的河流带走一切。人在历史、在永恒的自然面前，显得非常渺小。下面我们通过分析一些具体的元素，来看看怀古诗的构成。

·夕阳是时间的颜色·

我们先来看张籍的这首《法雄寺东楼》：

汾阳旧宅今为寺，犹有当时歌舞楼。
四十年来车马绝，古槐深巷暮蝉愁。

"汾阳旧宅今为寺",汾阳指的是郭子仪。郭子仪平定安史之乱有功,被晋封为汾阳郡王,后代称他为郭汾阳。这里曾经是郭子仪的府邸,现在变成了法雄寺。第一句一起笔,就是冷和热的对比。热闹的宅院,冷清的寺庙。变化随着时间悄悄发生。

"犹有当时歌舞楼","犹"用得好。"犹"字提示我们,尽管时间带走了一些东西,但它也保存了一些东西。而这些保存下来的东西,会把我们的记忆带向过去。

如果不是"犹有歌舞楼",我们只能看到彻底的改变。但现在,我们通过一个历史残存的碎片,得以想象历史的原貌。

虽然我们看到从前的歌舞楼现在是法雄寺的东楼,现在的色调是冷的,但是在冷清的背后,我们可以隐隐地感觉到从前的灯火辉煌。歌舞楼帮助我们建立起想象,这里曾经有过热闹的宴会,这里曾经繁华得不得了。丝竹管弦的声音从历史深处传来。

张籍其实在写什么?

他在写"色"变成了"空"。

读张籍的这首诗,我总会想到《红楼梦》。《红楼梦》也是在写"冷、热",也是在写"色、空"。《红楼梦》第二十九回,贾母一行去清虚观打醮,在神前拈了三出戏。

第一出戏叫作《白蛇记》。《白蛇记》讲的是汉高祖刘邦斩白蛇起义的故事。

第二出戏叫作《满床笏》。《满床笏》讲郭子仪家的故事。郭子仪六十大寿的时候,他的儿子、女婿都来给他庆寿,大家拜寿的时候就把笏板扔到床上去了,笏板堆了一床。富贵的程度可想而知。

第三出戏叫作《南柯梦》。三出戏,其实是对贾家的隐喻。《白蛇记》是起点,到了顶点就是《满床笏》,可是最后怎么样呢?到头来,不过是南柯一梦。《红楼梦》里每次讲到戏,都不要轻易放过,里面是对贾家命运的伏笔。

"四十年来车马绝,古槐深巷暮蝉愁。"现在这里已经没什么人来了。他写的是"车马绝",但他同时也在提示,这里有过"车如流水马如龙"。古槐,深巷,暮蝉,三个意象并置在一起,好像马致远写的,枯藤,老树,昏鸦。不用讲别的,几个意象摆在一起,萧条冷落就全出来了。

赵嘏的《经汾阳旧宅》和张籍的《法雄寺东楼》很像,他写的也是郭子仪旧宅:

门前不改旧山河,破房曾轻马伏波。
今日独经歌舞地,古槐疏冷夕阳多。

"门前不改旧山河,破房曾轻马伏波。"马伏波指的是东汉时期的伏波将军马援,他曾经立下赫赫战功。赵嘏认为郭子仪的战功比马援还要大。

这里的山河可以是实写。山河是不会改变的。要写变化,就要有不变的东西作为对照。要有一个参照系。"人世几回伤往事,山形依旧枕寒流。"(刘禹锡《西塞山怀古》)人世变化,但是山河依旧。

山河也可以说的是唐朝的江山。沈德潜说:"见山河如故,而恢复山河者已不堪凭吊矣。可感全在起句。"(《重订唐诗别裁集》)他说得也有道理。

"今日独经歌舞地，古槐疏冷夕阳多。"张籍和赵嘏，都在写今昔之别，区别在哪里呢？在赵嘏的诗里，我们看到了夕阳正在缓缓落下。张籍写的也是傍晚，"暮蝉"嘛。但是赵嘏把夕阳染色的面积扩大了。我们明显地感受到了落日的余晖，看到了诗人的影子在夕阳下被拉长。

夕阳会给诗歌染上一层哀伤的颜色。

怀古诗当中写到太阳，多数写的是夕阳。当然，诗人可能的确是在傍晚看到眼前的景象，如实记录。俞陛云说："登临览胜者，每当夕阳在野，易发思古之幽情。"(《诗境浅说》)

但是夕阳这类意象也有可能是诗人的有意选择。

夕阳意味着什么呢？意味着下沉和结束。夕阳是一个下降的状态，它也标志着这一天即将走向它的末尾。

中晚唐的诗歌里面，夕阳、残阳、落日，这类意象特别多。诗人大概也可以感受到他们所处的时代正在下沉。敏感的诗人甚至会预料到，终点就在不远的前方。安史之乱之后，中唐、晚唐的怀古诗很多。诗人游览历史遗迹，往往会和自身建立起联系：我也处在下降时期的王朝，我也处在历史的衰落期。而我现在的时代，也会像曾经那些繁华的时代一样被历史吞没。所以他们特别容易产生这种感慨。刘勰在《文心雕龙》里说"文变染乎世情，兴废系乎时序"，一首诗歌的产生并非和时代完全无关。

我们再来看崔橹的《华清宫三首·其三》：

· 31 ·

门横金锁悄无人，落日秋声渭水滨。

红叶下山寒寂寂，湿云如梦雨如尘。

华清宫大概是比郭子仪的宅邸更能体现唐朝盛衰变化的。华清宫是很有名的遗迹，唐玄宗和杨贵妃从前经常到华清宫去，所以它其实是一个关于盛唐的符号，是一个关于王朝兴盛的符号。中晚唐的时候，很多诗人看到华清宫，会不断想起曾经这里有过的历史记忆。可是现在怎么样了？

"门横金锁悄无人"，门闩上了，锁挂上了，一个人也没有了。

"落日秋声渭水滨"，渭水在旁边流淌，这边是落日，秋风飒飒。

"红叶下山寒寂寂"，红叶被风吹到山下面去了。落日，秋风，红叶，一点一点地把萧瑟的感觉堆上去。

"湿云如梦雨如尘"，他写的是景色，写的是朦胧、迷幻的感觉，可是他用"湿云如梦"的时候，也在提醒我们，曾经的盛唐时代，其实也像一场梦一样。

这首诗最大的特点就在于它的色彩。这首诗里的颜色是暖的，金锁，落日，红叶，都是暖色。可是暖色只是表象，下面的底色是寒寂，是苍凉。

我们读怀古诗，读到诗里的夕阳、落日，就好像看一幅泛黄的老照片。夕阳的光泽是时间的颜色。

·燕子去了又来·

怀古诗里还有一个很常见的意象,就是鸟。鸟的存在,往往是衬托人的不在。我们先来读李白的《越中览古》:

> 越王勾践破吴归,义士还乡尽锦衣。
> 宫女如花满春殿,只今惟有鹧鸪飞。

"越王勾践破吴归",写勾践打败夫差,大胜而归。

"义士还乡尽锦衣",将士们都衣锦还乡。《史记·项羽本纪》中记载项羽说:"富贵不归故乡,如衣绣夜行,谁知之者?"富贵了,还不回到故乡去炫耀一下,就好像穿了一身漂亮衣服走在黑夜中,没有人知道。

"宫女如花满春殿",大殿两旁,宫女排列。写到这里,我们会发现繁华到了顶点,兴盛到了顶点,欢乐到了顶点。

但是到最后,李白一笔把上面这些全抹空了。他说现在这些在哪里呢?越王在哪里呢?义士在哪里呢?锦衣在哪里呢?宫女在哪里呢?曾经的大殿在哪里呢?

全都没有了。

"只今惟有鹧鸪飞",现在只剩下鹧鸪在这里飞来飞去了。和鹧鸪形成对照的,是曾经的荣耀辉煌。

李白把情绪推到极高的顶点上之后,"啪"一下子下来,一笔全抹空。我们会在一瞬间感受到一种情感上的落差。

这首诗写得很陡峭。我们前面讲过，绝句需要转折，一般在第三句转。但是李白这首诗打破了常规。刘拜山评价这首诗说："七绝多以第三句转折，第四句缴结。此诗末句陡转上缴，语冷节促，盛衰之感倍烈。"（《千首唐人绝句》）说得很准确。

李白这首诗，带着读者从平地扶摇直上，到九万里的高空，然后和我们一起飞下来。情感的落差非常大。等我们再次回到平地上，会忽然明白，历史不过就是这样，起点就是终点，从"无"到"无"。

再来看李益这首《隋宫燕》：

燕语如伤旧国春，宫花一落已成尘。
自从一闭风光后，几度飞来不见人。

李益写的是隋宫，隋炀帝的行宫。

"燕语如伤旧国春"，燕子好像在伤感曾经的隋已经覆灭了。

"宫花一落已成尘"，宫花落下来，零落成泥碾作尘。

"自从一闭风光后"，自从宫门关闭、风光不再之后，"几度飞来不见人"。窦巩的《洛中即事》和李益这首诗写法类似："寂寂天桥车马绝，寒鸦飞入上阳宫。"通过写鸟来写上阳宫的衰败。但是不如李益的"几度飞来不见人"。燕子不是只来一回，而是"几度飞来"。这首诗写的不是一个时间节点，不是一个静态画面，这里面的时间是有长度的。自然永远这样循环着，一年一年。时间过去很久了，但这里还是没有人。萧条呈现出一种延续的状态。

·草木有情或者无情·

怀古诗中还有一类重要的模式，我把它总结叫草木有情或者无情，通过花草来写人的感情。我们先看陈羽的《吴城览古》：

吴王旧国水烟空，香径无人兰叶红。
春色似怜歌舞地，年年先发馆娃宫。

"吴王旧国水烟空"，曾经的吴国现在已经烟消云灭了。"香径无人兰叶红"，没有人，但是兰叶仍旧红。花草不会因为人的改变而改变。

"春色似怜歌舞地，年年先发馆娃宫。"这些花、这些草好像在怜悯这片曾经的歌舞地。歌舞地，"犹有当时歌舞楼"，我们关于这里的想象会被调动出来。花草怜悯的方式是什么呢？是每年一到了春天，它们就赶紧地长满了这片地方。陈羽把花草写得像人一样有情。

可是这里写花草的有情反而衬托出一种寥落。如果这里仍旧有人，仍旧宴饮不断，春色也不会"先发馆娃宫"了。

但是草木本身不会思考，它也不会流泪，它也不会笑。它是没有感情的。是谁觉得它有感情？是人，是诗人把自己的感情投注在这些无情的草木上面。

《庄子·秋水》里记录了这样一段对话：

庄子与惠子游于濠梁之上。

庄子曰："鯈鱼出游从容，是鱼之乐也。"

惠子曰："子非鱼，安知鱼之乐？"

庄子曰："子非我，安知我不知鱼之乐？"

惠子曰："我非子，固不知子矣；子固非鱼也，子之不知鱼之乐，全矣！"

庄子曰："请循其本。子曰'汝安知鱼乐'云者，既已知吾知之而问我，我知之濠上也。"

庄子自己心里快乐，所以看鱼也是快乐的，其实是"移情"。

陈羽写的是有情，韦庄的《台城》写的是草木无情：

江雨霏霏江草齐，六朝如梦鸟空啼。
无情最是台城柳，依旧烟笼十里堤。

"江雨霏霏江草齐"，江边的雨下得很细密，草长得很茂盛。

"六朝如梦鸟空啼"，这里是六朝旧都嘛，有吴，有东晋，有宋、齐、梁、陈，但是六朝一个个全都灭亡了，就好像一场梦一样。"空"用得特别好，鸟空啼，鸟叫给谁听呢？

"无情最是台城柳"，诗人埋怨台城柳无情。唐汝询说："台城已破，柳色无改，是以恨其无情也。"（《唐诗解》）江山兴亡和你好像无关。你还是这样青翠，还是这样茂盛。

杜甫的《哀江头》里有这么一句："江头宫殿锁千门，细柳新蒲为谁绿？"南宋词人姜夔写过一首《扬州慢》，写的是经历战争后的扬州。他在结尾写道："念桥边红药，年年知为谁生？"他说你每年是为谁而开呢？杜甫、姜夔和韦庄的写法是一样的，他们认为草木是无情的。其中有一种怨，有一种不满。这背后的心理是什么？姜夔说："树若有情时，不会得青青如此。"（《长亭怨慢·渐吹尽》）树如果有情的话，不会这样青翠茂盛了。可是它们能怎么样呢？枯萎吗？范大士说："人自多情，故觉柳无情耳。"（《历代诗发》）

其实只不过是因为诗人自己多情，所以看这些花草林木才会觉得它们无情。写草木无情，实则是写自己有情。

但是如果我们再深入一层，就会发现，怨的背后是什么呢？胡次焱评价《台城》时说："始责烟柳无情，不顾兴亡，终羡烟柳自若，付兴亡于无可奈何，意味深长。"（《删补唐诗选脉笺释会通评林》）

从表面上看，诗人说草木无情，好像是一种怨。可是怨的背后是羡慕，它们不会受到兴亡的影响，不会动情，不会伤感难过。但是羡慕的背后是什么呢？其实是失落。是人在不断循环轮回的永恒自然面前感受到的失落。

·旧时月，照着秦淮河·

在怀古诗中，另外一个重要的意象是月亮。我们来读李白的这首《苏台览古》：

旧苑荒台杨柳新，菱歌清唱不胜春。
只今惟有西江月，曾照吴王宫里人。

"旧苑荒台杨柳新"，现在这里长满了柳树。"菱歌清唱不胜春"，能听到采菱的歌女在唱歌。

"只今惟有西江月"，叶羲昂说这首诗"得力全在'只今惟有'四字"（《唐诗直解》）。

现在还剩什么呢？吴王没有了，吴王的宫殿没有了，宫女也没有了，只剩下西江月了。

"曾照吴王宫里人"，前面三句写的是现在的景色，最后一句把我们拉回历史的想象中。这首《苏台览古》和《越中览古》的区别在哪里呢？《越中览古》前面三句写盛，最后一句写衰。《苏台览古》反过来，前面三句写现在的荒芜，写现在的衰落，最后一句引向对从前繁盛的追忆。

这首诗里很重要的参照物是月亮。月亮是不变的，但是人已经没有了，"今月曾经照古人"（李白《把酒问月·故人贾淳令予问之》）。

刘禹锡写过一组怀古诗叫作《金陵五题》。金陵就是南京。这组诗写南京的五处古迹。讲怀古诗，不能不提刘禹锡这几首诗。但有意思的是，刘禹锡写这五首诗的时候，没有去过南京。这组诗前面有一个小序：

余少为江南客，而未游秣陵，尝有遗恨。后为历阳守，跂而望之。适有客以《金陵五题》相示，迨尔生思，欻然有得。

他日友人白乐天掉头苦吟，叹赏良久，且曰《石头》诗云"潮打空城寂寞回"，吾知后之诗人，不复措词矣。余四咏虽不及此，亦不孤乐天之言耳。

刘禹锡说我年轻的时候没有去南京游历过，非常遗憾。后来有一天我的朋友写了一组叫作《金陵五题》的诗，拿给我看。我一看他写的这五首诗之后立马来了灵感，我也写了一组《金陵五题》。我把这组《金陵五题》给白居易看，白居易说我那句"潮打空城寂寞回"写得太好了，没有人能超过我了。

这里就涉及写作的真实性问题。是不是要亲身经历过才能写？其实也不一定。我们读刘禹锡的《金陵五题》，会觉得他好像当时就在现场一样。

我们来看这组诗里的《石头城》：

山围故国周遭在，潮打空城寂寞回。
淮水东边旧时月，夜深还过女墙来。

"山围故国周遭在，潮打空城寂寞回。"山还是那个山，城墙还是那个城墙。但是"潮打空城"，潮水打过来打过去，"寂寞回"。为什么是寂寞呢？因为里面没有人，里面空掉了。

"淮水东边旧时月"，淮水东边现在剩下什么呢？剩下照耀着秦淮河的月亮，它曾经照耀着六朝，曾经照耀着吴，照耀着东晋，照耀着宋、齐、梁、陈，它今天也在照耀着这片空城。

月亮没有变化，可是这里已经物是人非。

"夜深还过女墙来"，女墙就是城墙上面的矮墙。月光还照过来。和"只今惟有西江月，曾照吴王宫里人"是一样的，和"明月自来还自去，更无人倚玉阑干"（崔橹《华清宫三首·其一》）是一样的。月亮是永恒的，但是人世是变化的，而且是不断变化的。

沈德潜说："只写山水明月，而六代繁华俱归乌有，令人于言外思之。"（《重订唐诗别裁集》）

读这首诗的时候，我们会感觉刘禹锡就站在城墙上，就站在秦淮河边看着月亮。但是我们知道，他其实并没有去过那里。

到这里，我们可以稍微总结一下，怀古诗是如何来写今昔的变化，如何来写盛衰的更迭，如何来写朝代的转换。

怀古诗中通常有两类意象，一类是和自然有关的意象：山、河、花、草、鸟、月……一类是和人有关的意象。这两类意象往往会形成对照。

人手建造起来的宅院宫殿，现在已经破落不堪，罕有人迹。但是鸟还是一年一年地来了又去，草还是一年一年地枯了又长，月亮还是一年一年地回到原来的地方。所以你看山还是那个山，江水还是那个江水，自然并不会发生什么变化，不会因为人的改变而改变。"庭树不知人去尽，春来还发旧时花。"（岑参《山房春事二首·其二》）"沙鸟不知陵谷变，朝飞暮去弋阳溪。"（刘长卿《登馀干古县城》）日出月升，云卷云舒，鸟去鸟来，花开花谢，四季轮回不断。

那么与永恒的自然形成对照的是什么呢？是短暂的人世，是不断更迭的历史。

而诗人本身作为一个渺小的个体，他的感慨在哪里呢？他的感慨在于，所有人都会消失在历史的滚滚洪流中。"大江东去，浪淘尽，千古风流人物。"（苏轼《念奴娇·赤壁怀古》）

但是其实写着写着，也容易形成套路。胡震亨说："诸家怀古感旧之作，如'年年春色为谁来''惟见江流去不回''惟有年年秋雁飞''只今惟有西江月，曾照吴王宫里人'等句，非不脍炙人口，奈词意易为仿效，竟为悲吊海语，不足贵矣。"（《唐音癸签》）

·有烟火处有人家·

这一讲的最后，我们来读刘禹锡的《乌衣巷》，这是我最喜欢的一首怀古诗：

> 朱雀桥边野草花，乌衣巷口夕阳斜。
> 旧时王谢堂前燕，飞入寻常百姓家。

"朱雀桥边野草花，乌衣巷口夕阳斜。"朱雀桥，乌衣巷，都是繁盛的符号。乌衣巷是东晋王、谢两大家族聚居的地方，朱雀桥是通往乌衣巷的必经之路。前面讲过"春色似怜歌舞地"，衰败了，没有人走，野草野花才会生长出来。杜甫在《春望》里写"国破山河在，城春草木深"，也是这个意思。自然就是这样，"江山不管兴亡事"，"无情最是台城柳"。

"旧时王谢堂前燕，飞入寻常百姓家。"清代的施补华在《岘佣说诗》里说:"若作燕子他去,便呆。盖燕子仍入此堂,王、谢零落,已化为寻常百姓矣。"燕子每年到了季节,还是回到这里。但是这里已经换了人间。王谢堂,变成了百姓家。

前面讲过那么多怀古诗,都有一种苍凉,一种悲哀,好像到最后所有都成空了,一切归零,让人有一种虚幻和无力感。觉得历史好像就是这样了,繁华的尽头是荒芜,有限的个体在永恒的自然面前不值一提。

读完《乌衣巷》,心里也会有一声叹息,但不是那种完全落空的叹息。前面我们也讲鸟,讲"只今惟有鹧鸪飞",讲"几度飞来不见人",但这首诗不一样。这首诗里有一种平和的力量。这种平和我想是通过三个字呈现出来的,就是"百姓家"。

现在这里并没有完全荒芜,并没有完全寥落,"百姓家"给我们一种想象,夕阳西下,家家户户现在可能正在做饭,烟囱里升起丝丝缕缕的青烟,泥地上有玩耍的儿童,大家过着平静的生活。

这首诗的前面三句抹去了繁华的痕迹,抹去了豪门贵族的痕迹,最后一句落到寻常的百姓生活里。这种生活是普通的,但也是平和的,是有生机、有力量的。

其实和谢了又开的花草一样,和来了又去的飞鸟一样,人在这世上,也是一代一代,生生不息。不是吗?

3 沙场与闺房

上一讲谈过了历史，我们这一讲的话题是——战争。中国古代的诗人和现实贴得比较近，题材也宽，写战争写出了很多好诗。唐代的诗人们往往并不只凭想象，有一些确实亲自到过边塞，写出来的句子很有力量。像岑参，"轮台九月风夜吼，一川碎石大如斗"（《走马川行奉送封大夫出师西征》），还有高适，"大漠穷秋塞草腓，孤城落日斗兵稀"（《燕歌行》），读这些句子，能听到后面的杀伐之声。

我们这一讲分两个部分，前面一半讲"他们"，后面一半讲"她们"。我们今天一提起战争，总觉得是和男性有关，往往忽略了战争给整个家庭、给女性带来的影响。但其实在唐诗里，诗人们并没有忽视"她们"的情绪和感受。

·明月何时照我还·

王昌龄被称为"七绝圣手"、"诗家夫子"。他的七言绝句写得很好，很多句子我们都非常熟悉。"黄沙百战穿金甲，不破楼兰终不还。"（《从军行七首·其四》）"洛阳亲友如相问，一片冰心在玉壶。"（《芙蓉楼送辛渐二首·其一》）但是读他的很多诗，总能感觉到一股郁结在字句里面的不平之意。是一种怨，但是是一种引而不发的怨。这可能和他的经历也有关。王昌龄一辈子都没有得到重用。

明代的李攀龙说王昌龄的《出塞》是"唐人七绝压卷之作"，意思是唐代的七言绝句，这首是最好的。我们来看一下：

秦时明月汉时关，万里长征人未还。

> 但使龙城飞将在，不教胡马度阴山。

"秦时明月汉时关"，月亮并不只属于秦，防御的边关也并不只属于汉。但是诗人在"明月"和"关"前面加了定语，联系就建立起来了。什么联系呢？历史和现实的联系。历史和现实，通过战争联系在了一起。战争是无休止的。战争在秦代发生，战争在汉代发生，战争在今天仍然发生。

第一句营造了一个开阔的空间。我们用诗人的视角，想象一下具体的情境。你站在边关的城墙上，看着天上一轮孤月，夜色苍凉。这个空间不只是开阔，而且有一种历史感。我们在今天晚上的月光下面可以逐渐辨认出历史的痕迹，你可以看到，城墙的砖块已经被风沙磨损了不少。

从秦汉开始，月亮就已经在这里了，从秦汉开始，阻碍敌人的边关就已经在这里了，从秦汉开始，一代一代出征的人就已经踏上了征途。或许这个时间点还可以提前。但是这么多年过去了，没有人回来。"万里长征人未还"，月亮照耀着那些战士前进的路，却没有照亮他们的归途。

一代一代的人前仆后继，但是很少有人回去。

"万里长征"。我们念出王昌龄写的这四个字，就好像看见一条蜿蜒的队伍，曲曲折折。一条蜿蜒的曲线横亘在这个古老国家的土地上。但是这条路好像只有一个方向——从生到死的方向。

接下来，诗人换了一个语气。他说：

"但使龙城飞将在，不教胡马度阴山。"

诗有时候是要念出来的。读前两句的时候，有悲凉的感觉。但是读到第三句，我们能感受到诗人的声音开始变得高昂、激动。"但使"这两个字劈空而来，重重地砸下去。只要有像卫青或者李广那样的将军戍守在这里，敌人就不敢进犯。

可是我们会注意到，是"但使"。这只能是一种期待，一种想象。这里当然有王昌龄的不满。他不满朝廷没有像卫青、李广一样出色的将领，他不满"时无英雄"，他更不满即便有英雄也得不到重用……所以这个句子虽然听起来让人热血沸腾，但其实后面没有多大底气。

想象和现实之间有很长的距离，一眼望不到头。

《出塞》的四句不是平均着力的，这首诗内部的力量很不平衡。所有的重量其实都落在了第二句上——万里长征人未还。

"秦时明月汉时关"，这是历史的重量，战争无休无止。"但使龙城飞将在"，这是无法改变的现实的重量。最后的结局是什么？"万里长征人未还。"历史和现实的重量都落在这一句上。这是非常沉重的一句话。

在这首诗里，我们看见一些生命不堪重负，终于倒下了。但是我们也看见，又会有新的人在月光下收拾好行囊，匆匆上路。

·春风吹不到的地方·

我们再来看一首王之涣的诗，《凉州词二首·其一》：

黄河远上白云间，一片孤城万仞山。

羌笛何须怨杨柳，春风不度玉门关。

这首诗有一个故事，记载在薛用弱的《集异记》里。这个故事叫"旗亭画壁"。旗亭，就是酒楼。在一个雪天，王之涣和两个朋友一起去酒楼喝酒，一个是王昌龄，另外一个是高适。喝着喝着，来了一些梨园子弟，他们在这里聚会宴饮。这三个人就到旁边去了，一边烤火，一边看。过了一会儿，又来了四个歌女。她们奏乐演唱，唱的都是当时有名的乐曲。

这三个人就要比较一下，比比看谁更有名。比的方式是什么呢？唐代有一些诗可以配乐歌唱，就像现在的流行歌曲。他们在一旁暗中观看，看这几个歌女唱谁的诗唱得最多。

第一个歌女一开口，"寒雨连江夜入吴……"王昌龄就在墙上画了一道，他说："一首了。"过了一会儿，一个歌女唱了一首高适的诗。高适拿起笔来画上一道，很得意："一首了。"又有歌女唱歌了，这次唱的还是王昌龄的诗。王昌龄说："两首了。"

王之涣这个时候就坐不住了，他本来以为自己挺有名的，但是到现在还没有人唱自己的诗。他改变了一下规则。他指着这些歌女里最出众的那个说："现在她还没唱，如果她唱的不是我的诗，我这辈子就不和你们比什么高下了。但是如果她唱的是我的诗，你们就要拜我为师。"他们就在旁边等着听这个歌女唱歌。

过了一会儿，这个姑娘轻轻唱了起来："黄河远上白云间……"王之涣大笑："你们这些乡巴佬，我难道会骗你们吗？"

这个故事虽然未必可信，但是很有趣，能帮助我们想象唐代诗人交往的具体情境。

如果说王昌龄的《出塞》描述的是一条线，是从秦汉一直到唐，那王之涣的《凉州词》描绘的就是一个点。他选取的是"这一刻"。

"黄河远上白云间"，一幅静止的画面。"黄河远上"，从下游看到上游。距离拉开很远才能看到黄河蜿蜒直上。王之涣画了一条线，把天和地连接起来了。

这首诗里的黄河是静态的。它和另外一首诗很像，哪一首呢？李白的《将进酒》。"君不见黄河之水天上来，奔流到海不复回。"但李白这一句里的黄河是从上游往下游走，有一种动态感。

李白写这一句，情绪很饱满，他说你看到没有？黄河一去不复返。他说你看到没有？那就是你的人生。你的青春也一去不复返，"朝如青丝暮成雪"。

"一片孤城万仞山"，万仞山，就是高山。在高山中，有一座孤立的城。

有一个版本写的是"黄沙直上白云间"。如果从阅读的效果来说，我还是比较喜欢"黄河远上白云间"。天地间一条黄河，群山间一片孤城，孤独的感觉在这两个意象之间蔓延开来。

"羌笛何须怨杨柳"，现在从远处传来了羌笛的声音，曲调很幽怨。吹的是什么呢？吹的是《折杨柳》。

古代有折柳送别的传统，取"柳"的谐音是"留"。你要走了，我折杨柳相送，希望留下你。看到杨柳，就会想起当时离别的情景，心里就会有一种哀伤。《折杨柳》就和这种离别的哀伤有关。当然，听到这首曲子，除了会想到离别，也会意识到自己是在异乡，会想家。

"此夜曲中闻折柳,何人不起故园情。"(李白《春夜洛城闻笛》)

可是吹笛的人何必吹这样幽怨的曲子呢?

"春风不度玉门关",这里的"春风"可以有不同的解释。

第一种解释,春风就是春风,在玉门关外是没有春天的,春风是吹不到这里的。既然春风吹不到,也就没有杨柳可言了。朱之荆说:"春光不到,则无杨柳;不睹此春光杨柳,征人之愁犹未甚也。乃羌笛何须作《折杨柳》之曲,使闻者重增愁思乎?"(《增订唐诗摘钞》)看不到杨柳,大概还不会触动思念的情绪。但是幽怨的笛声传过来,心里的思念也弥漫飘荡开来。

第二种解释,春风象征的是皇帝的恩泽。"此诗言恩泽不及于边塞,所谓君门远于万里也。"(《绝句衍义笺注》)皇帝也许已经忘记了那些还在这里驻守边关的人。幽怨有什么用呢?幽怨是得不到回应的。对故乡的思念有什么用呢?这一生可能已经没有回去的希望了。

《出塞》是从时间的角度来描述战争的残酷,这首诗是从哪个角度呢?是从空间的角度。

"春风不度玉门关",这里好像被玉门关隔绝在外了一样。玉门关把这个世界分成两半,一边是世俗的烟火人间,一边是苍茫的大漠孤烟。一个人的希望好像也被玉门关斩断了:他和那一边的世界再也没有交流的可能了,他一生的终点就在这里了。他在这里能够看到的,只是黄河远上,他能看到的,只是一片孤城。仅此而已。

· 忽然被击中 ·

边塞诗中一种常见的情绪就是思乡。长年在外戍守、征战，故乡的一切慢慢变得模糊起来。这种状态其实也好。很多东西想不起来了，心也麻木了，日复一日，习惯了边塞苦寒的生活。但最怕在某个不经意的时刻，关于故乡的记忆被唤醒，很多以为自己忘掉的东西忽然同时出现在眼前。

我们来看李益的这首《夜上受降城闻笛》：

> 回乐烽前沙似雪，受降城外月如霜。
> 不知何处吹芦管，一夜征人尽望乡。

"回乐烽前沙似雪，受降城外月如霜。"受降城外，霜一样的月光照下来，沙也变白了，像雪一样。一个白茫茫的世界。

俞陛云说："对苍茫之夜月，登绝塞之孤城，沙明讶雪，月冷凝霜，是何等悲凉之境。"（《诗境浅说》）

我们读前面这两句，会觉得特别静。正是因为安静，才能听得清楚远处不知道从哪里吹来的芦笛声。

"不知何处吹芦管"，好就好在"不知何处"。如果看到有一个人在月下吹芦笛，大概会有些心理上的准备。可是这些战士不是。因为不知何处，所以没有提前做好心理上的准备。他们突然被那个声音攫住，他们在没有防备的时候被击中了，声音一下子打到他们的心上。

这是异乡的音乐,这是异乡的声音。

我们可以清晰地看见,在月光下,眼泪从他们的脸上慢慢流下来。

这个声音提醒他们,周围的一切自己已经渐渐习惯,已经慢慢熟悉,可是自己仍然是这里的异乡人。他们的家乡在远方。

"一夜征人尽望乡",这里的"尽"用得好。李锳说:"征人望乡,只加一'尽'字,而征戍之苦,离乡之久,胥包孕在内矣。"(《诗法易简录》)

这些征人一夜无眠,没有一个人不往家乡的方向看,可是看是看不到的。家乡超过了自己目之所及的范围。他们只能看什么?他们最后可能只能看看天上的月亮。月亮是这些战士唯一的安慰了,这是他们和故乡唯一的联系了。

李益还有一首类似的诗,《从军北征》:

天山雪后海风寒,横笛遍吹行路难。
碛里征人三十万,一时回首月中看。

当古人看到月光的时候,他想到的可能是"天涯共此时",可能是"千里共婵娟",可能是"隔千里兮共明月",可能是"一夜乡心五处同"。

月光连接着他们和远方。

·君莫笑,君也莫流泪·

我非常喜欢王翰的《凉州词》,这首诗里情感的层次是很丰富的:

葡萄美酒夜光杯,欲饮琵琶马上催。
醉卧沙场君莫笑,古来征战几人回?

"葡萄美酒夜光杯",这是讲出征前的一次宴饮,诗人不说喝酒的场面如何如何,他把镜头聚焦在一杯酒上。酒,是葡萄美酒,杯,是夜光杯。一个局部,但是我们可以想象整个宴会的盛况。而酒这个意象和夜光杯搭配在一起,有一种璀璨但是又朦胧迷幻的感觉。我们能感受到此刻的气氛应该是奢华的、快乐的,但是又有一种不真实感。觥筹交错,同时也是光影迷离。这些感觉都在这七个字里。

"欲饮琵琶马上催",催,是催酒的意思。宴会上有琵琶伴奏,催酒助兴。刚刚举起杯子,催酒的琵琶声就响了起来,那就更要一饮而尽了。不光要一饮而尽,因为兴致好,可能接下来连着喝了好几杯,所以才会有下面这一句。

"醉卧沙场君莫笑",他说见笑了啊,一口气喝了这么多,恐怕一会儿要醉倒在沙场上了。一会儿在战场上醉倒,你们可千万不要笑话我呀。他说醉倒就醉倒吧,无所谓啦,你们要笑就笑吧。你们想想,"古来征战几人回",有多少人也是和我一样,倒在战场上了,你们看见有几个人回来过呢?

这首诗好，好在诗人有意模仿了一个人的醉态，模仿了一个人痛饮之后和周围的人开玩笑的口吻。施补华说这首诗"作悲伤语读便浅，作谐谑语读便妙"（《岘佣说诗》）。这是很有见识的评价。一个喝得大醉的人摇摇晃晃地说了这么一句醉话。听起来甚至有些好笑。因为这和出征的那种紧张的气氛不协调。他好像一个小丑，周围的人听到他讲"醉卧沙场君莫笑"，估计也会哄堂大笑吧。

但是谐谑的下面是什么，笑的背后是什么，等到听到"古来征战几人回"的时候，空气大概会安静那么几秒钟吧。热闹的气氛一下子凝固了，空气冷下来。其实没有人在这场宴会上真的喝醉吧。大家都知道自己一会儿要面对的是什么，只是心照不宣而已。

悲伤其实是掩藏在一句笑话下面的。不是真的"醉卧"，只怕是有去无回。战争的真相就是这样，不是吗？沈德潜说："故作豪饮之词，然悲感已极。"（《重订唐诗别裁集》）"故作"说得好。有些话，其实都是装出来的。我想诗里面的主人公其实是想醉倒的，醉倒了就什么都不用想了，就可以忘掉眼前的一切了。黄叔灿说："凄然心事，正欲借醉卧而忘，而又不得，悲哉！"（《唐诗笺注》）想醉却醉不了，想忘也忘不掉，一句笑话的下面是一句战争的真相，快乐的底色是悲凉。

我不知道唐代的葡萄酒是什么颜色。如果也是深红色，那么一个喝得酩酊大醉倒卧在地上的将士，是不是和在疆场上战死的将士在直观上看起来没什么不一样？在这首诗里，人生的极乐和人生的大悲凉隔得很近。醉倒的造型和死亡的造型也非常相似。

他心里是很清楚的，上了战场要面对什么。但是能怎么样呢？

生命中很多事情是不受自己左右的。他能把握住的是什么？他能做的是什么？大概只剩下喝酒这件事了。所以就再多喝几口吧。即便醉不了、忘不掉，至少酒是好的，可能这辈子再也喝不到这么好的酒了。俞陛云说："此于百死中，姑纵片时之乐，语尤沉痛。"（《诗境浅说》）生命是短暂的、脆弱的、易逝的，尤其是在这样的生死关头。那就不如再多享受一点快乐吧。

所以其实我们读下来，这首诗里的情绪非常复杂。有想要喝酒忘忧的渴望，有忘不掉的悲凉，有及时行乐的无奈，有装出来的豪迈和戏谑……

这些情绪混杂在一起，我们真假难辨。

·战争与"她们"有关·

曹松说："一将功成万骨枯。"（《己亥岁二首·其一》）对于每个人来讲，战争的意义是不一样的。对于想要封侯的将领，战争对他们来讲可能是一个机会，战争胜利对他们来讲是一个功勋，是一份荣耀。可是对那些在沙场上拼死的战士来讲，战争意味着什么？也许意味着被遗忘，被他们效忠的人所遗忘。

他们是垒筑功勋的一分子，但他们也只是众多数字当中的一个。

但有人不会忘记他们，那就是他们的家人，每天期盼着他们回来的家人。

我们要把视角从沙场上转移到闺房中来。战争其实割裂了很多家庭，很多夫妻这一辈子可能就没有机会再见了。闺怨诗在唐诗中是很重要的一类,而闺怨诗里,征人妇又是很常见的形象。我们来读几首这样的诗,从另外一个角度来看战争。

战争其实不只和"他们"有关,也和"她们"有关。

先来看陈陶的《水调词》:

长夜孤眠倦锦衾,秦楼霜月苦边心。
征衣一倍装绵厚,犹虑交河雪冻深。

这里写了一个思念自己丈夫的女子,晚上睡不着觉。又是一个只有自己的夜晚。

她在月光下能做什么呢?她能做的,就是用自己仅有的能力,去表达对丈夫的关心。给丈夫做的衣服,她想再加一些丝绵进去。

可即便是又加了一倍的丝绵进去,她也还是怕丈夫在那里会冻着。

王驾的《古意》表达的也是妻子对丈夫的关切。"一行书信千行泪,寒到君边衣到无。"你那边已经冷了,我给你寄的衣服到了没有?

黄叔灿评价这首《古意》的时候说:"情到真处,不假雕琢,自成至文。且无一字可易,几于天籁矣。"(《唐诗笺注》)

这两首诗写得很华丽吗?没有。用了什么生僻的典故和难懂的字词吗?也没有。写的只是普通人的感情。

但是普通人真挚的感情,就已经可以成为一首诗了。诗有时候和学问无关,和真诚有关,和情有关。

如果能做一个深情的人,我想你就已经是一个诗人了,你就已经活成了一首诗。

最后我们来看陈陶的《陇西行四首·其二》，用这首诗做一个总结：

> 誓扫匈奴不顾身，五千貂锦丧胡尘。
> 可怜无定河边骨，犹是春闺梦里人。

这首诗涉及这一讲谈到的两个空间，一个是沙场，一个是闺房。"誓扫匈奴不顾身"，我们可以想象当时出征的画面。大家出征前盟誓，"黄沙百战穿金甲，不破楼兰终不还"（王昌龄《从军行七首·其四》）。但是很快，到了第二句，"五千貂锦丧胡尘"，将士们一个一个倒下去了。貂锦，象征着精锐的部队。第一句是向上的，但是第二句很重地落下来。

接下来镜头一转，从沙场转到闺房，写这个女孩子做的梦。闺怨诗里经常会写到梦，大部分的梦都是美梦，我们来读几首。比如金昌绪的《春怨》：

> 打起黄莺儿，莫教枝上啼。
> 啼时惊妾梦，不得到辽西。

诗人前面不讲，最后通过"辽西"这两个字告诉我们她梦到了什么。她丈夫在边关，戍守在辽西。她在现实中见不到丈夫，只能在梦里见他一回。可是好不容易见他一回，黄莺却把她给吵醒了。

再比如张仲素的《春闺思》：

> 袅袅城边柳，青青陌上桑。
> 提笼忘采叶，昨夜梦渔阳。

和她一起出去的女伴们都在采桑叶，但是她手里提着笼子，呆呆站着不动。她在想什么呢？她在想她昨天晚上做的梦。这里的"渔阳"，和上面的"辽西"一样，都是提示我们梦的内容，都是和远在边地的丈夫有关。

张仲素还有一首《秋闺思二首·其一》：

> 碧窗斜日蔼深晖，愁听寒螀泪湿衣。
> 梦里分明见关塞，不知何路向金微。

梦里明明见到了，可是醒来发现是梦。

《陇西行四首·其二》里的这个女孩子做的也是一个美梦。她没有从梦里醒来。即便是醒来了，这个梦也还是可以成为她的安慰。她想想梦里的画面，就还有希望，就还能盼着丈夫回来。

但是在这个美梦之外，有诗人的画外音。她梦见的是人，在现实中怎么样呢？人已经变成一堆白骨。

闺房和沙场，两个场景，一边是睡梦里露出的浅笑，另外一边是人迹罕至的荒凉，就像电影里两个镜头剪在一起，我们会感受到一种心酸。

沈彬的《吊边人》和陈陶这首诗的写法类似：

> 杀声沈后野风悲，汉月高时望不归。
> 白骨已枯沙上草，家人犹自寄寒衣。

他在战争中死掉了，他的尸体已经化成了一堆白骨，他的白骨上长满荒草，现在这些荒草都枯萎了。可是他家里人并不知道。"家人犹自寄寒衣"，还在给他寄衣服。这其实对他家人来讲是幸福的。"少妇不知归不得，朝朝应上望夫山。"（卢汝弼《和李秀才边庭四时怨·其一》）

我们讲了好多个梦，辽西的梦，渔阳的梦……对她们来说，还可以做着丈夫归来的梦，生活就总还是有一点盼头。

可是，明月何时照君还？

4 等待与叹息

我们上一讲通过"战争"这个话题，聊到了闺怨诗。闺怨诗是写女性的怨。但是我们上一讲选的诗里面，"怨"的成分并不多。其实主要是思念和关切。

这一讲我们谈宫怨诗。严格来说，宫怨诗其实是闺怨诗的一种。宫怨诗也是写女性，写的是深宫里被遗弃、被忘记的女性。但是宫怨诗和闺怨诗的差别其实比较大，不只是表面上"怨"的浓烈程度，还有诗人的写作意图也都不太相同。我们结合具体的作品来看。

·三个女人的故事·

我先讲三个故事，这三个故事发生在汉代，都和女性有关，也和皇帝有关。

第一个故事的主人公叫陈阿娇。汉武帝刘彻还是少年的时候，他的姑母长公主刘嫖把他抱在膝上。长公主说："想娶媳妇吗？"刘彻说："想。"长公主指着家里的女孩子说："喜欢哪一个呢？"刘彻一个一个看过去，都说不好。

长公主最后指着自己的女儿说："你看阿娇好不好呀？"

刘彻一看，高兴坏了。刘彻说："哎呀，要是将来能娶到阿娇姐姐做我妻子，我一定要给她造一座金屋，让她住在里面。"

这就是历史上有名的"金屋藏娇"的故事。这个故事最早记载在《汉武故事》里，可信度不是很高。

后来刘彻当皇帝了，阿娇就成了皇后。

《汉书·外戚传》记载："及帝即位，立为皇后，擅宠骄贵，十馀年而无子,闻卫子夫得幸,几死者数焉。"

陈皇后慢慢被冷落了,一来她自己恃宠而骄,二来她膝下没有子嗣,三来皇帝开始宠幸卫子夫。

在这种情况下,她想重新夺回皇帝的心。她想了一个什么办法呢?她请人来作法,使用"媚道",利用巫术诅咒后宫其他女性,希望这样能夺回汉武帝对她的宠爱。

结果事发了。事发以后汉武帝很生气。汉武帝把陈皇后赶到长门宫,让她永远不要回来了。后来长门宫就成为一个符号,一个被抛弃、被冷落的符号。

但是陈皇后还没有完全灰心。她找到整个大汉帝国最会写文章的人——司马相如。她拿出黄金百斤给司马相如,让司马相如替她写一篇文章。于是司马相如就写了一篇赋,这就是历史上很有名的《长门赋》。这篇赋写得很华丽、很动人、很曲折,写她晚上如何如何睡不着觉,如何如何思念皇上,如何如何地哀伤、孤独。

昭明太子萧统的《文选》最早收录了这篇赋。这篇赋前面还有一个小序,记录了写作的原因:

> 孝武皇帝陈皇后,时得幸,颇妒,别在长门宫,愁闷悲思。闻蜀郡成都司马相如,天下工为文,奉黄金百斤,为相如、文君取酒,因于解悲愁之辞。而相如为文以悟主上,陈皇后复得亲幸。

按照序里的说法,陈皇后因为这篇文章,重新获得了汉武帝的宠幸。但是具体的事实是什么样的呢?史书上没有明确的记载。

我们再来看第二个女人的故事。

第二个女人长得很漂亮,但是皇帝不知道她漂亮。这个人就是王昭君。为什么皇帝不知道她漂亮?皇帝可以选择很多不同的女性,因为太多了,他选不过来。怎么办呢?他找画师给后宫的每一个女人画像,每天拿出这些画像来挑选。

于是,后宫里的女性为了获得皇帝的宠爱,纷纷去贿赂画师。

但是王昭君对自己的长相比较自信。她从来不去贿赂画师。画师就把她画得比较丑。她也从来没有得到皇帝的召见。

后来匈奴过来和亲。汉元帝就从后宫的女人中挑选了一个嫁到匈奴去。挑中的那个人就是王昭君。

结果汉元帝一看到王昭君,后悔了。但是后悔也没办法,已经答应了匈奴,不能改了。

当然了,这个故事里有很多虚构的成分。《汉书》是正史,但是里面对王昭君的记载非常少。在《汉书》里,王昭君仅仅是作为一个与匈奴和亲的对象出现的。

唐代的诗人们在使用昭君这个典故的时候,实际上并不是仅仅依照《汉书》里的一点记载来进行创作的。他们吸收了很多前代笔记小说、野史杂录里和王昭君有关的故事。

和王昭君联系在一起的一个地名叫作青冢。王昭君死了之后,就葬在今天内蒙古。传说当地的草都是白色的,可能因为气候比较寒冷。但只有王昭君的墓上,年年长的都是青草,所以叫青冢。杜甫写过一组《咏怀古迹》,其中一首是写王昭君的:"一去紫台连朔漠,独留青冢向黄昏。"

第三个女人,是汉成帝的妃子班婕妤。她很漂亮,而且很贤惠。

《汉书》记载,有一次,汉成帝到后宫,他让班婕妤和他一起坐在辇上。但是班婕妤拒绝了。她说:"我看古代的画像,贤君身边坐着的都是有才能的大臣,只有那些昏庸的君主身边坐着的才是他们喜爱的妃嫔。现在皇上让我坐在辇上,是想效仿他们吗?"汉成帝觉得她说得很对,就作罢了。

因为这件事,班婕妤得到了太后的称赞。这就是所谓的"却辇之德"。

后来汉成帝认识了一对姐妹,姐姐叫赵飞燕,妹妹叫赵合德。赵飞燕,人如其名,身轻如燕,能在人的手掌上跳舞。当然这里也有传说的成分。

她们姐妹俩受到了汉成帝的宠爱。但是有宠爱的,就有被冷落的。后宫非常复杂。赵飞燕为了排挤皇后,诬陷皇后和班婕妤"挟媚道,祝诅后宫,詈及主上"(《汉书·外戚传》)。结果皇帝听信了,皇后就被废掉。

这个事情牵连到班婕妤。拷问班婕妤的时候,班婕妤回答说:

"如果鬼神有知,我这么做是大逆不道的行为,鬼神不会听。如果鬼神无知,向它们祷告诅咒其他人又有什么用呢?"

汉成帝听了,赦免了班婕妤,还赏赐她黄金百斤。

但是这件事以后,班婕妤感受到了危险的信号。她怕迟早有一天自己会受到赵飞燕和赵合德的陷害。于是为了保全自己，她主动说要到长信宫去侍奉太后。

班婕妤写过一首诗，叫《怨歌行》，也叫《团扇诗》。秋风一起，天就凉了。天凉了，扇子就没有用了。"常恐秋节至，凉飙夺炎热。弃捐箧笥中，恩情中道绝。"班婕妤用被人遗弃的扇子，来写她自己。

和她相关联的有两个地名。一个是长信宫，住在长信宫意味着被冷落。另外一个是昭阳殿。昭阳殿是赵飞燕和赵合德姐妹住的地方。昭阳殿，象征的是荣耀和宠爱。

有了上面三个故事作为基础，我们再来读宫怨诗，就变得容易多了。你会发现，长门、长信、昭阳这些地名在唐代的宫怨诗里反复出现，通过各种方式组合在一起。而陈皇后、王昭君、班婕妤，则是宫怨诗里出现最多的三个人物。

·压在心底的"怨"·

我们上一讲说过，王昌龄的七言绝句写得好，而且擅长写边塞诗。除了边塞诗，他的闺怨诗、宫怨诗还有送别诗也都写得很好。我们来读他的这首《长信秋词五首·其三》：

> 奉帚平明金殿开，暂将团扇共徘徊。
> 玉颜不及寒鸦色，犹带昭阳日影来。

"奉帚平明金殿开"，奉就是捧，捧着笤帚。平明，大早上太阳刚刚出来。早上金殿一开,班婕妤就拿着笤帚开始扫地了。但是她以前不需要做这些的。她以前地有人扫,茶有人端,水有人送,还有人给她扇风。但是她现在要扫地。这里写一个人被冷落的状态。

她一笤帚一笤帚把地上的尘土扫起来。她也好像地上的尘埃一样。

"暂将团扇共徘徊",王昌龄不是在写团扇,他在写这个被遗忘的人。为什么是"暂将"?因为已经到秋天了。秋风一起,团扇就没有用了,所以只能暂时拿着它。她走来走去,四顾徘徊,无所依凭。她想,你马上就要没有用了,我也和你一样没有用了,所以"暂将团扇共徘徊"。这里用的是我们上面讲过的典故,班婕妤写的那首《团扇诗》。

我们可以在字里行间读出失落、怅惘,但是王昌龄没有把这些情绪放在文字表面。

"玉颜不及寒鸦色",寒鸦就是秋天的乌鸦。玉颜就是像玉一样的美貌。玉是晶莹的、透明的,形容这个人很漂亮。可是她这么漂亮的一个人,却比不上一只乌鸦。这个对比很强烈。为什么她会比不上这只乌鸦呢?

因为它"犹带昭阳日影来"。

因为它是从昭阳殿飞过来的,因为它尚且能感受到昭阳殿日光的照耀。

这里的日光,当然不仅仅是说太阳的光了,就像"春风不度玉门关"里的春风,是说什么呢?皇帝的恩泽。

不是她不够漂亮,不是她的身份不够高贵。那是什么让她觉得自己连一只乌鸦都比不上呢?是她觉得自己已经失去了皇帝的宠爱。

王昌龄没有一句写她的怨,她的不甘,她的不平和委屈。他写的是什么?他写的是一个美丽的女子,比不上一只丑陋的乌鸦。这首诗停在这里,但是给我们很强烈的触动。

这首诗的怨是压在文字下面的,是压在这个女性心底的。我们甚至能体会到她一次一次把心里的怨强按下去的努力。

她看着乌鸦从昭阳殿的方向飞来,心里百感交集。

戴叔伦的《昭君词》和这首《长信秋词五首·其三》写法类似:

汉家宫阙梦中归,几度毡房泪湿衣。
惆怅不如边雁影,秋风犹得向南飞。

这里写的是出塞和亲的王昭君。为什么自己"不如边雁影"呢?因为它们到了秋天,还可以向南飞。而自己这一生却再也没有机会回去了。"惆怅不如边雁影"和"玉颜不及寒鸦色"一样,用的都是对比。人和鸟,毫无可比性,但是放在一起,写人连一只鸟都不如,可以想见人的艰难处境。

·透明的夜晚·

我们来看一首李白的《玉阶怨》。在李白之前,还有一个人写过一首《玉阶怨》,那个人叫谢朓。

李白有很多喜欢的诗人。比方说孟浩然,他说:"吾爱孟夫子,

风流天下闻。红颜弃轩冕，白首卧松云。"(《赠孟浩然》)

李白还很崇拜一个诗人，就是谢朓。李白动不动就在诗里面提到谢朓。"蓬莱文章建安骨，中间小谢又清发。"(《宣州谢朓楼饯别校书叔云》) 小谢，指的就是谢朓。他还写"解道澄江净如练，令人长忆谢玄晖"(《金陵城西楼月下吟》)。谢玄晖，也就是谢朓。

当一个人不断地提到另外一个人的时候，他在干吗？他其实在表达自己的崇敬之情。

但是美国的文学批评家哈罗德·布鲁姆（Harold Bloom）提出一个概念——影响的焦虑。什么叫影响的焦虑呢？我们今天作为一个普通读者去读一首诗、一部小说，不会有什么焦虑。但如果你立志成为一个小说家、一个诗人，当你去阅读前人的作品，你不会那么轻松的。你会感受到一种焦虑：他怎么写得那么好？我如果超不过他的话，我就完蛋了，文学史上可能不会留下我的名字。

如果一个学习写作的人把一篇作品写完，从头读一遍，但是发现自己写的和某个作家很像，这个时候他会感到非常沮丧。有一个莎士比亚在前面了，就不需要再有一个和他写得一样的作家出现了。

作家们也许会不断感受到影响的焦虑。对他们来说一首一首的诗，不是一首一首的诗，而是一座又一座的高山。只有把它们翻过去之后，自己才能够在历史上留下属于自己的印记，才能够在巨大的文学坐标中找到属于自己的位置。

所以很多时候，写作是一件痛苦的事。诗人、小说家要承担的东西太多了，要拿很多东西去交换。你写好一句诗，你需要承受很多你无法承受的痛苦。

李白在读谢朓的诗的时候，会不会也会有一种影响的焦虑呢？我不知道。我也不知道他读到谢朓的《玉阶怨》会不会想着自己写一首同样的诗来超过谢朓。我这里只是把两首诗放在一起做个比较。

我们先来看谢朓写的《玉阶怨》：

> 夕殿下珠帘，流萤飞复息。
> 长夜缝罗衣，思君此何极。

这是一首好诗。前三句写得很好。晚上把珠帘放下来了，一只一只的萤火虫在飞。它们飞累了就停在那里，说明夜已经很深了。诗里的主人公在这个夜里面干什么呢？她在缝罗衣，一边缝衣服，一边思念自己心里的人。

最后一句，"思君此何极"，谢朓把"思"说出来了。说出来，就不是好诗了。诗其实不在乎你声音的高低，不在乎你多用力。我很想你，我特别想你，我非常想你。这些其实都没有力量。这些只是语言的重复，只是词语的累积。词语的简单叠加是对情感的稀释。

我们再来看李白写的《玉阶怨》：

> 玉阶生白露，夜久侵罗袜。
> 却下水晶帘，玲珑望秋月。

玉阶是宫中的台阶。"玉阶生白露"，好就好在"生"这个字。

生意味着从无到有。时间过去了,夜深了,天变得越来越凉了,空气凝结成水珠,就成了白露。

李白告诉你,她在这里站了很长时间了。

"夜久侵罗袜",李白用了一个很重要的动词,侵。侵,是侵犯的侵,是侵占的侵。有时候我们读诗,就是在一个一个字之间、一个一个词之间咀嚼。文学,艺术,往往就在毫末之间。有时候你读这首诗,就好像吃一颗橄榄一样。一开始也许会觉得很苦很涩,但是嚼到后面,会有回甘。

我把"侵"换成"湿",表达的意思是一样的。夜久湿罗袜,也可以。

但是"侵"好在哪里?侵是一个动词,它有一个方向,是这个世界在向她发动攻击。这个寒冷的夜在攻击她,在攻击一个脆弱的人,而这个人没有丝毫还手之力。

她终于要回去了。她把水晶帘放下来了。放下水晶帘意味着要休息了,意味着她放下了希望,意味着今天晚上她已经不再有任何期待了。

但是她没有完全地放下。李白写她回过头的那个瞬间——"玲珑望秋月"。

她放不下,她还要回头去看,哪怕还有一点点希望。

但是她看到的是什么?只有月亮。只有月亮在晚上陪伴着自己。

玲珑指的是晶莹剔透的感觉。玲珑本来是形容月光的,月光是晶莹剔透的,正常的语序是"望玲珑秋月"。但是李白把"玲珑"和"秋月"一分开之后,它就不只是在形容月光了。

我们再把这首诗读一遍,就会发现,玉阶是玲珑的,白露也是玲珑的，水晶帘是玲珑的，透过水晶帘看到的月光，也是玲珑的。大概还有这个女孩子的眼泪吧，泪水也是玲珑的。她透过眼泪，看见了一个玲珑的世界。

李白不写她长什么样子，他也不写她穿着什么样的衣服，但是李白写出了一种美丽的必然。

她也是玲珑的，她是晶莹剔透的，但同时我们知道，她是脆弱的。

她的思念在无人陪伴的夜晚面前，一败涂地。

这首诗没有一句写怨，没有一句写失望。李白只是在写动作，她站在这里，她转身，却又回头。

李白写了一个透明的夜晚。

·流萤与星光·

我们再来看杜牧的《秋夕》：

银烛秋光冷画屏，轻罗小扇扑流萤。
天阶夜色凉如水，坐看牵牛织女星。

这首诗也是写在宫里的一个女孩子，但是这个女孩子很轻盈，很青春，蹦蹦跳跳的。

这首诗一开始写的是屋子里面，"银烛秋光冷画屏"。从屋子里面出来之后，"轻罗小扇扑流萤"。她看到流萤，去扑它。她是动态的，她在不断地走，从这里走到那里。

她不像《玉阶怨》里的女孩子，长久地伫立在那里。李白《玉阶怨》里写到的那个女性停在台阶上，时间在她身上也停住了，时间好像不会往前走一样。她心里的情绪也停住了，是一种凝结的状态。

但是《秋夕》里的女孩子显然很轻盈，她的情绪是飘散的。她没有那么多怨，更多的是落寞。当她看到天上的牛郎织女星的时候，她一下子落寞了。

她想牛郎织女一年见一次面，比我要好。我在深宫之中，一辈子出不去。她想牛郎织女是神仙，可是即便他们是凡人，过着男耕女织生活的平凡人，也比我要好。能拥有平凡的爱情好像也不错。

可是她能拥有什么？她能期望的不过是将来有一天会受到君主宠幸。可是那是怜悯，是居高临下。对她来讲，那些东西没有那么诱人，没有那么让她期待。

所以她就坐在这里，看着天上的牵牛织女星。她想，他们一年见一次也很好。

这首诗写得很冷，画屏是冷的，夜也是冷的，冷得像水，就好像她现在无望的生活一样。她被囚禁在深宫当中，过着一种无望的生活。对她而言，整个生活是冷的。

但是在无望的生活里面，在如水一般凉的夜里面，杜牧写到了一点点的光。这个光是银烛发出来的烛光，这个光是流萤发出来的萤光，这个光是天上的星星发出来的星光。

在这样的暗夜当中，还有星星点点、闪闪烁烁的光，好像给无望的生活增添了一丝希望。

·生活无聊而无望·

我选的诗大都比较短,用不了太多时间去读。我有时候觉得读诗是读什么呢,读诗大概不全是读思想感情,也不全是读艺术手法,思想内涵什么的也没有那么重要。

读诗可能只是我们用一两分钟的时间,让自己从繁杂的世界中暂时脱离出来。

我们活在这个世界上,有时候会觉得累,这个世界给我们的负担很多。但是能拿出一两分钟的时间读一首诗,能获得一两分钟的自由,我觉得这就足够了。

我们来看元稹的《行宫》:

> 寥落古行宫,宫花寂寞红。
> 白头宫女在,闲坐说玄宗。

这首诗里处处是对比。

"寥落古行宫",唐玄宗当初经常来的行宫,现在已经寥落了。历史荒芜了,王朝衰败了。可是"宫花寂寞红"。这是我们在讲怀古诗的时候讲到的"草木无情"模式。花还那么鲜艳地开着。它的鲜艳和寥落的行宫,形成鲜明的对照。

"无情最是台城柳",桥边红药为谁生?花在这里开着,但是没有人来欣赏。

可是宫花又不只是单纯和行宫形成对比。下面说"白头宫女在"。这两个颜色放在一起,是很强烈的反差。白头宫女曾经也像宫花一样,她们也有过青春,她们也曾经是鲜艳欲滴的花,她们也有过自己的期待,也有过对生活的向往。

可是她们现在成了什么?白头宫女。这一生就结束在这里了。

这是在怨吗?我觉得已经超越了怨的层次。这已经不是一首宫怨诗了。诗里面的主人公已经不像《玉阶怨》里面的女孩子那么怨了。

这首诗很短,但是有一个字重复了很多次。"行宫","宫花","宫女",这个"宫"一直在重复,好像在刻意提醒我们什么。读来读去,我们甩不掉这个"宫"。宫女们走来走去,也逃不出这个"宫"。

其实你会发现,宫女们的生命是附着在这个"宫"上的。或者说,这个"宫"就像一个牢笼,囚禁了宫女们的一生。她们的青春和这个"宫"有关。她们所有的记忆都和"宫"有关。

宫女们最后在这里,"闲坐说玄宗"。这一句里隐含的信息很丰富。

玄宗,本来是君主,他是一个权威的存在,哪能随随便便去谈论他。当我可以随便谈论的时候,说明他的权威已经不在了,说明他已经逝去了,说明我已经可以随便谈论这段过往的历史了,说明历史已经寥落了。李锳说:"凡盛时既过,当时之人无一存者,其感人犹浅;当时之人尚有存者,则感人更深。"(《诗法易简录》)宫女们是那段历史的遗物。这是第一层。

"说玄宗"都说些什么?可能是唐玄宗和杨贵妃的往事。这些我们都不知道。这里给我们丰富的联想。她们可能谈的是一些不为人知的秘密。但是这些事情不只和玄宗有关,也和她们自己有关。她们是历史的亲历者。她们谈论的是一个已经死掉的君主吗?她们谈论的是自己的似水年华。这是第二层。

最后一层,这是她们现在生活的常态了。她们只能靠着回忆,靠着讲一些往事来度日,来打发时光。生活是无聊而又无望的。到最后,这首诗变成了什么?变成了一声叹息。

不再有怨,不再有期待,不再有恨,只是一声叹息。

·弃妇与逐臣:性别的置换·

如果我们读的宫怨诗比较多,慢慢就会发现,唐代诗人们的艺术创造力并不像我们想的那么了不起。我上面选的这几首其实属于"非典型宫怨诗"。正是因为"非典型",因为没有那么"像"宫怨,才使它们获得了某种艺术的生命力。

但是在唐代诗人创作的大部分宫怨诗里,几乎只有一种女性形象。写来写去,总是这样:不被君王宠幸,晚上睡不着觉,一个人流泪,心里面充满了幽怨。我再来举几个例子。比如王昌龄的《长信秋词五首·其一》:

> 金井梧桐秋叶黄,珠帘不卷夜来霜。
> 熏笼玉枕无颜色,卧听南宫清漏长。

漏,是古代皇宫计时的工具。一个铜壶下面有一个小孔,壶里面有水，有标着刻度的铜箭。水一滴一滴漏下去，露出的刻度就是时间。晚上睡不着啊，为什么呢？"熏笼玉枕无颜色"。要是皇帝在，那这些熏笼、玉枕就全都有颜色了。睡不着干吗呢？"卧听南宫清漏长"，听水一滴一滴落下去，听时间一点一点从夜里流走。

再比如李益的《宫怨》：

露湿晴花春殿香，月明歌吹在昭阳。
似将海水添宫漏，共滴长门一夜长。

我们会发现都是一样的，只不过李益的写法很新颖。漏怎么滴不完呢？好像添了海水一样，永远滴不完，好像时间永远无法干涸。对这个女性来说，这是心理上的感受，夜太漫长了。

我们再来看这首白居易的《后宫词》：

泪尽罗巾梦不成，夜深前殿按歌声。
红颜未老恩先断，斜倚熏笼坐到明。

一个人也就罢了，关键是"夜深前殿按歌声"，这里冷清和热闹的对比一下子就出来了。像朱自清在《荷塘月色》里写的："但热闹是它们的，我什么也没有。"前殿越热闹，自己就越睡不着。又一个不眠的晚上，只能"斜倚熏笼坐到明"了。

还有刘皂的《长门怨三首·其二》：

宫殿沈沈月欲分，昭阳更漏不堪闻。
珊瑚枕上千行泪，不是思君是恨君。

我们讲到这里，你对这首诗里的意象应该觉得非常熟悉了。"昭阳""更漏""枕上千行泪"……这首诗里的感情要更强烈一点，"不是思君是恨君"。

你发现问题在哪里呢？所有的女性形象都是一样的。我们要追问了，为什么呢？为什么写来写去都是这样的呢？难道没有别的可能了吗？

这里面其实隐藏着一个性别的问题。宫怨诗的背后是一个性别的视角。为什么女性只能是这样的形象？为什么女性只能怨？这就是男性的视角。这些诗是用非常典型的男性视角写的。

在这些晚上睡不着觉的女性背后，充满着男性的凝视。男性只塑造出这样一种女性形象。这里面是一个权力的问题，是古代男性对于女性性别上的压制。男性占据着文化的控制权，笔在他们手里，语言在他们手里，因此女性是"被书写"、"被塑造"的。在宫怨诗里，女性价值的最高实现方式，是得到君主的宠幸。而一旦无法得到，她们就无所适从，就夜不能寐。这里面其实充满了男性的想象，而女性在这里是没有办法发出自己的声音的。

但是我们再深入一层，更重要的问题是什么呢？你会发现，诗人们不是不会写"另一种"女性。诗人们反复地书写同一种形象，其实是一种有意的选择。

我们如果联系到中国古代的文化传统就会发现，在传统文化的语境里，弃妇和逐臣是一对可以相互替换的同义词。当然，我不否认，有时候诗人写宫怨诗，的确是表达自己对宫里女性的同情。但很多时候，诗人们并不是在写不被君王宠幸的女性，他们只是在写怀才不遇的自己。他们借这个题材，来表达自己的怨，表达自己不被君王任用的哀怨与不满。

但是"不遇"其实是古代男性的常态，所谓"虚负凌云万丈才，一生襟抱未曾开"（崔珏《哭李商隐·其二》）。像宫怨诗里的这些女性一样，他们也曾等待过属于自己的机会，然而遗憾的是，这些等待最后也都化为了一声叹息。

5 爱与被爱的

我们先梳理一下之前讲过的内容。第一讲其实谈到的是唐代诗人，也不只是唐代，是中国古代诗人对于生命本质的理解，也是他们创作的一个动力，就是对无常的认识。第二讲是在第一讲的基础上，从个人的物是人非扩大到历史的沧海桑田，重点谈论的题材是怀古诗。我们讲到了有限的个体在面对永恒的、无限的自然宇宙的时候会产生的失落、惆怅。这种情绪其实贯穿在整个中国文学史里。第三讲讨论的是诗人如何书写战争，讲了边塞诗、闺怨诗，等等。我们既看到了战争中的"他们"，也看到了战争中的"她们"。第四讲我们由闺怨诗延伸到了宫怨诗，看到了无数个不眠夜晚里的等待，也听到了叹息的声音。

这一讲我们讨论唐诗中的爱情，下一讲我们讨论友情。朱光潜先生说：

"恋爱在从前的中国实在没有现代中国人所想的那样重要。中国叙人伦的诗，通盘计算，关于友朋交谊的比关于男女恋爱的还要多，在许多诗人的集中，赠答酬唱的作品，往往占其大半。"（《中西诗在情趣上的比较》）

虽然的确是这样，但我还是选择把爱情放在友情之前来讲。

·相逢在水上·

我们先来读一首崔颢的诗。

崔颢的诗写得很好，在唐代也很有名，但是人品比较差。《新唐书》里说他"有文无行"。他喜欢喝酒，爱好赌博，换老婆换得很频繁。他娶老婆唯一的标准就是长相。他喜新厌旧,娶回来过几天看腻了,立马换掉。《新唐书》里说他:"娶妻惟择美者,俄又弃之,凡四五娶。"

他的诗风呢,前后也发生了一些变化。殷璠的《河岳英灵集》里说:"颢年少为诗,名陷轻薄,晚节忽变常体,风骨凛然,一窥塞垣,说尽戎旅。"

崔颢人生最大的成就,可能就是去了一趟黄鹤楼,写了一首名为《黄鹤楼》的诗:

> 昔人已乘黄鹤去,此地空余黄鹤楼。
> 黄鹤一去不复返,白云千载空悠悠。
> 晴川历历汉阳树,芳草萋萋鹦鹉洲。
> 日暮乡关何处是?烟波江上使人愁。

这大概是他被后人记得最多的诗了。很多人认为《黄鹤楼》是唐代七律里写得最好的一首。

李白有一次来到黄鹤楼。他本来也想写一首关于黄鹤楼的诗,但是他写不了。他说:"眼前有景道不得,崔颢题诗在上头。"但是李白又不甘心,怎么有人能写得这么好。他后来跑到金陵,登上凤凰台,写了一首和《黄鹤楼》差不多的诗,叫《登金陵凤凰台》:

> 凤凰台上凤凰游,凤去台空江自流。
> 吴宫花草埋幽径,晋代衣冠成古丘。

三山半落青天外，二水中分白鹭洲。
总为浮云能蔽日，长安不见使人愁。

我们会发现两首诗的结构、情感其实非常像。

下面我们来看崔颢的《长干曲四首·其一》：

君家何处住，妾住在横塘。
停船暂借问，或恐是同乡。

"君家何处住，妾住在横塘。"读这一句，我们好像听到一个小姑娘站在面前，大声地问：

"君家何处住？"

她在河里划船，听到有人在讲话，抬头一看，面前是一个男子，她于是就把船停下来了。她说你家是哪里的呀？

但是这么问又显得自己很唐突。一个女孩子，哪能随随便便问人家的家是哪里的呢？所以她接下来就要掩饰了。

"妾住在横塘。停船暂借问，或恐是同乡。"其实本来应该等一等的，等人家回答呀。但是她迫不及待地把这些话说出来，试图来掩饰自己内心的想法。朱之荆说："次句不待答，亦不待问，而竟自述，想见情急。"(《增订唐诗摘钞》)

她说我家就住在这儿。你不要多想，我停下来问一问，只是听你的口音觉得熟悉，也许咱们俩是老乡呢！

我们可以感受到她微妙的心理。

我读到这首诗的时候，脑子里会不自觉地浮现出一些小说中的女性形象。比方说沈从文《边城》里的翠翠，比方说汪曾祺《受戒》里的小英子。

我很喜欢《受戒》这篇小说。汪曾祺这篇小说讲一个什么故事呢？其实情节很简单。男主人公叫明海，要去受戒，就是在脑袋上烧戒疤。受了戒，相当于领了一个当和尚的资格证，以后才有机会当方丈。在《受戒》这个小说里，和尚就是一份职业。汪曾祺说："就像有的地方出劁猪的，有的地方出织席子的，有的地方出箍桶的，有的地方出弹棉花的，有的地方出画匠，有的地方出婊子，他的家乡出和尚。"（《受戒》）当和尚，就相当于找了一份工作。

女主人公小英子喜欢明海。但其实两个人都是那种朦胧的、模糊的状态。明海受完戒，小英子撑船接他回来。两个人就有了一段对话：

> 划了一气，小英子说："你不要当方丈！"
> "好，不当。"
> "你也不要当沙弥尾！"
> "好，不当。"
> 又划了一气，看见那一片芦花荡子了。
> 小英子忽然把桨放下，走到船尾，趴在明子的耳朵旁边，小声地说：
> "我给你当老婆，你要不要？"

明子眼睛鼓得大大的。

"你说话呀!"

明子说:"嗯。"

"什么叫'嗯'呀!要不要,要不要?"

明子大声地说:"要!"

"你喊什么!"

明子小小声说:"要——!"

"快点划!"

我们读《受戒》,里面凡是出现小英子和明海的对话,你会发现几乎都是小英子在主动地问。最后爱情的发生也是因为小英子的主动。

但是汪曾祺不是写了一个放浪的女性。我为什么会觉得这首诗里的女孩子和翠翠、小英子很像呢?用汪曾祺的话说,她们的人性是"健康"的。

对方如何回应她呢?我们来看《长干曲四首·其二》:

家临九江水,来去九江侧。
同是长干人,生小不相识。

对方说"家临九江水,来去九江侧",我家就在这儿。"同是长干人,生小不相识",我也是在河边风里来雨里去的,但是我们却不认识。为什么不认识？因为我每天是在河上面。他可能是个船夫。

这个男生很好，为什么呢？他就问题回答问题，他没有别的想法，就是很老实地回答。人家说"或恐是同乡"，他说，是，我们是同乡。到此为止了。他没有别的意图，他也没有觉得对方有什么其他的意图。

这两首诗字里行间都很纯净。

这两首诗最大的特点是什么呢？口语化。崔颢是用口语写的，直接模拟了一场对话。

叶圣陶以前教人写作，讲了一个很简单的原则。他说最高明的写作，是你拿着这个作品在另外的一个房间念，其他的人在这个房间听，但是听的人不觉得隔壁是在念文章，听的人觉得你好像在说话一样。这就是作文的最高境界。写作就好像说话，应该完全是一种自然的状态，不要扭捏，也不要做作。

这首诗其实就是讲一次邂逅，一次相遇。最后就停在这里了。后面的故事是什么呢？没有了，诗人不交代后面的故事。他只是截取了人生中一个小的片段放在这里。

这个女孩子喜欢这个男孩子吗？她也谈不上是喜欢，也谈不上是爱，但是她有一种朦胧的情绪。这种朦胧的情绪催使她要停下船来，要叫住对方。

桂天祥评价《长干曲》说"妙在无意有意，有意无意"（《批点唐诗正声》）。

接下去要发生什么，大概她自己也没有想清楚。她可能对他有好感，这个好感有没有上升到爱的程度？我觉得也没有。但是诗人写出了处在青春时期的少男少女可能都会有的情绪。

这种朦胧的、无法言明的情绪，是爱发生的前提。

但即便没有发生爱情，这种偶然的相逢也很美好。不是吗？

·不能说的秘密·

我们再来读李商隐的《无题二首·其一》：

> 昨夜星辰昨夜风，画楼西畔桂堂东。
> 身无彩凤双飞翼，心有灵犀一点通。
> 隔座送钩春酒暖，分曹射覆蜡灯红。
> 嗟余听鼓应官去，走马兰台类转蓬。

"昨夜星辰昨夜风，画楼西畔桂堂东。"他写的是什么呢？他写一次短暂的相遇。地点是"画楼西畔桂堂东"，时间是昨夜。

他写这首诗的时候，他们的会面已经结束了。他回去，天亮之后写了这首诗。在这首诗里，他回忆起昨天晚上他们相遇的美好场面。

"身无彩凤双飞翼"，可以有很多理解。你可以理解成，他现在没有翅膀，不能像鸟一样飞到她的面前。你也可以理解成，两个人没有办法双宿双飞。但总之，两个人因为某种原因被阻隔。

"心有灵犀一点通"，灵犀，古人认为犀牛的角是灵异的，因为犀牛的角中间有一条白线,贯通了前后两端。心有灵犀的意思,就是两个人的心意是相通的。

一个是"身无",一个是"心有"。一个是肉体,一个是心灵。李商隐其实是用后者否定了前者,用心意的相通否定了肉体上的相遇、身体上的靠近。

爱情是什么?爱情很多时候和身体无关。它甚至有时候和语言无关。爱情超越了身体,超越了语言。不是说一句"我爱你"、"我喜欢你",就是表达爱情了。我借助顾城的一首小诗来说明这个问题。

> 我多么希望,有一个门口
> 早晨,阳光照在草上
> 我们站着
> 扶着自己的门扇
> 门很低,但太阳是明亮的
> 草在结它的种子
> 风在摇它的叶子
> 我们站着,不说话
> 就十分美好
>
> ——《门前》节选

这首诗写得很干净。这两个人显然是互相爱慕的关系,但是他们是有距离的。两个人扶着门边站着,不需要说话,我看你一眼,你看我一眼，我就知道你在想什么，你想说什么。

爱情有时候是有距离的，但同时爱情又超越了距离。这就是李商隐写的这种感觉。

他接下来回忆昨天晚上相遇的具体情境。

"隔座送钩春酒暖"，"送钩"是一种游戏。参加宴会的人分成两队，一队的人手里边有一个钩，这个钩就在他们中间互相传送，但不知道藏在谁的手里面。另外的一队人需要猜钩在哪里。一方猜中了的话，另一方就要喝酒。

"分曹射覆蜡灯红"，"射覆"也是一种游戏。"曹"就是队，"分曹"就是分成两队。射覆有两种解释，第一种解释，射就是猜。覆，就是拿器皿把东西盖在下面。一队的人拿器皿把东西盖在下面，另外一队的人猜器皿下面是什么。猜中了，另一方喝酒。猜不中，猜的人喝酒。还有一种解释，射覆就是行酒令，也就是猜谜。一队的人出一个谜面，另外一队的人猜谜底。这两个游戏都是和猜有关。

这是一个无比热闹的晚上。灯红酒绿，觥筹交错。大家都在这里玩得很开心。参加这场宴会的有诗人自己，还有他所爱慕的那个对象。那个对象可能就在人群中，她可能和李商隐分到了一队里，可能和李商隐不在一队里。因为很多特殊的原因，两个人的爱情是不能公开的。两个人没有办法表明自己的心迹，可能还需要用一些行为来掩饰他们之间的关系。

其他人都沉醉在游戏里，对于他们两个人来说，游戏可能没有那么有趣。在人声喧闹中，两个人感受到爱而不能的缺憾。他可能猜到了钩就在她手里，但是如果猜中了，她就要喝酒了，所以故意猜不中，自己把杯子里的酒一饮而尽。

"春酒暖"、"蜡灯红"，温度是热的，色调是暖的，但是我们读起来会觉得冷，会为这两个人感到难过。爱在他们这里成了秘密，成了一个需要互相保守的秘密。

"嗟余听鼓应官去，走马兰台类转蓬。"天亮了，宴会散了，要去上班了。"嗟"是叹息的意思，兰台就是秘书省，李商隐当时二十六七岁，在秘书省做校书郎。

到了早上卯时，鼓咚咚咚咚响了，他听到鼓声就要去上班了。他感觉自己就像随风飘转的蓬草一样。蓬草被风吹起，吹到哪里算哪里，是无根的，是不确定的。为什么他觉得自己像"转蓬"呢？因为他心里有一种失落感。

我们回到这首诗的第一句，"昨夜星辰昨夜风"，他用了两遍"昨夜"，这是在强调。昨夜对他来说意义重大。

昨夜的星辰、昨夜的风对他来讲是刻骨铭心的，可是并不是说天上的星辰和夜晚的风那么重要。就像"人面桃花相映红"，不是桃花开得好看诗人才要写它，而是桃花旁边站着一个美丽的女子，桃花是因为她的存在而显得美丽。

而星辰和风，是因为我们的相遇而显得重要。

我觉得这首诗里面写得最好的一句就是"昨夜星辰昨夜风"。他不断地去回味这个晚上。尽管对他来说，爱只能作为一种秘密而存在着，爱是无根的、不能落地的，他心里有一种失落。

但同时，昨夜的星辰和昨夜的风在他的心里，成为永恒。

·冷漠面具·

下面要读的这首诗和分别有关,我先来谈一下古诗中三种分别的状态。

第一种是"别时容易见时难"(李煜《浪淘沙令·帘外雨潺潺》)。很多时候,分别很容易,但是再见就很难了。因为人生是未知的,可能两个人一转身就是一辈子了。"当时轻别意中人,山长水远知何处。"(晏殊《踏莎行·碧海无波》)当时很轻易地就和意中人分手了,可是现在想再见,已经不可能了。

第二种是"相见时难别亦难"(李商隐《无题》)。知道将来会面会很难,所以在分别的时候也格外难过。

可是最难受的是哪一种呢?是"人间别久不成悲"(姜夔《鹧鸪天·元夕有所梦》)。两个人分开的时间久了,甚至都感受不到悲伤。整个人麻木了,伤口已经愈合了,甚至都结痂了,感受不到痛苦了。

可是他真的不悲吗?他如果不悲的话,就不写了。

苏轼在那首《江城子·乙卯正月二十日夜记梦》里说:"十年生死两茫茫,不思量,自难忘。"他不是不想念,他只是没有每天把他的亡妻挂在嘴边。

很多时候,最深沉的思念反而是刻意的遗忘。

因为他知道,一旦提起她,心里会有很多无法克服的情绪,那些情绪会奔涌而来。所以有时候故意选择遗忘,其实也不是遗忘,而是在心里找一个最隐秘的角落,把它藏起来。

可是不知道什么时候就会有一些特殊的因素,一下子触发了这个机关。

苏轼其实不是不思量,只是放在心里,但是没有一天忘记她。就像"人间别久不成悲"一样,不是不成悲,只是刻意地不去想。

我们要读的诗是杜牧写的《赠别二首·其二》:

> 多情却似总无情,唯觉樽前笑不成。
> 蜡烛有心还惜别,替人垂泪到天明。

杜牧曾经在扬州做淮南节度府的掌书记。根据《太平广记》的记载,扬州妓院比较多,杜牧行为又不大检点,他几乎是每天晚上都要流连在烟花巷陌里。

后来他升做监察御史,要去长安。他离开扬州的时候,他的长官牛僧孺给他饯行,对他说,你这个人什么都好,要是能改掉逛妓院的习惯就好了。

杜牧说我没有,都是谣传。

牛僧孺说我怕你晚上出去不安全,所以每天都派了保镖在后面保护你,你每天晚上出行的时间、地点我都有记录,我拿给你看一下。

结果杜牧看见这些记录,非常惭愧。

杜牧离开扬州去长安之前,给他喜欢的一个妓女写了两首赠别的诗，我们读其中的一首。

"多情却似总无情，唯觉樽前笑不成"，一个很多情的人，一个能够感受到这个世界的悲哀的人，他有时候在表面上看起来是冷冰冰的。

分别的时候，难道没有什么话要和对方说吗？

因为要说得太多了，不知道从何说起。所以就像一个无情的人一样，坐在那里，沉默着，戴着一个冷漠的面具。

"蜡烛有心还惜别，替人垂泪到天明"，蜡烛没有心，它有的只是蜡芯。可是诗人给蜡芯一种人的特征。蜡烛滴蜡油，看起来就好像在流泪一样。

可是流泪的不是蜡烛。我们之前讲过"移情"，是因为诗人有情，他看蜡烛才会觉得它在哭。

·誓言不堪一击·

爱情有时候是要面临考验和选择的。

爱情没有那么容易。

要是每天的生活完全没有忧愁，可以每时每刻在一起，爱情就不是那么难得的一件事了。

为什么在这个世界上爱情显得很珍贵？因为它很难。

我们来读李商隐的《马嵬二首·其二》：

海外徒闻更九州，他生未卜此生休。

空闻虎旅传宵柝，无复鸡人报晓筹。
此日六军同驻马，当时七夕笑牵牛。
如何四纪为天子，不及卢家有莫愁。

安史之乱一爆发，安禄山一路打到潼关。潼关一破，离长安就不远了。唐玄宗带着杨贵妃，带着禁军，带着一些亲信，天不亮就往外跑。

跑到了马嵬坡，禁军不动了，将士们要杀杨国忠。"六军不发无奈何"，没有办法，唐玄宗把杨国忠杀了。将士们还是不走，必须把杨贵妃杀掉，我们才能替你去打江山，我们才能保护你。怎么办？

这是一个两难的局面。结果唐玄宗让人在旁边的佛堂里面把杨贵妃给杀死了，这是他做出的选择，这也是李商隐写的《马嵬》这首诗的背景。

"海外徒闻更九州"，战国的时候有个阴阳家叫邹衍。以前大家认为中国分为九州，但邹衍认为海外还有八个类似中国这样大的大州，所以这个世界上一共有九个像中国一样大的大州。他当然没有我们今天这种地理观念，他认为海外可能是神仙居住的地方，大海上有仙山。

所以李商隐在这里说的是什么呢？他针对的是白居易和陈鸿在《长恨歌》和《长恨歌传》里的描写。在《长恨歌》和《长恨歌传》里，杨贵妃死了以后，唐玄宗非常难过。有一天，从四川来了一个道士，他说我会法术。他帮助唐玄宗去寻找杨贵妃，他

"上穷碧落下黄泉……忽闻海上有仙山,山在虚无缥缈间"。他通过法术来到了海外的仙山,找到了杨贵妃。

李商隐否定了这个存在,什么"忽闻海上有仙山,山在虚无缥缈间",李商隐说"海外徒闻更九州"。只是听说也就意味着它并不存在。他从空间上否定了杨贵妃和唐玄宗死后重逢的可能,这个故事并没有一个光明的尾巴。

我觉得李商隐是一个特别勇敢的诗人,他直接否定掉。这不是童话。童话里最后王子和公主在一起,李商隐说现实不是这样的,现实是她死了就是死了,没有重逢的可能。

"他生未卜此生休",在白居易的《长恨歌》里面,杨贵妃还期待着两个人他生再见,她要下凡投胎,两个人来世再做夫妻。李商隐说这个也不存在。第一句是从空间上去否定,第二句从时间上否定,两个人没有来生,"他生未卜",能确定的只有此生,只有现实。现实是一切都已经结束了,杨贵妃已经死掉了。李商隐写的是一个悲剧,写的是人生本身。

"空闻虎旅传宵柝,无复鸡人报晓筹。"李商隐把视角转到了马嵬坡。虎旅就是禁军,柝就是打更的梆子。他是站在唐玄宗的角度来写的。以前不是这样的,以前在宫里怎么会听到军队打更的声音?以前是"鸡人报晓筹"。什么叫鸡人呢?皇宫里不让养鸡,但是又要报时,于是就让人装扮成鸡的样子,早上拿着报时的竹签送到宫里。但是现在已经听不到鸡人报时了。

这一句是在写两种声音,在写宵柝,在写晓筹,李商隐也是在写时间。第一句写的是晚上,晚上睡不着,听军中打更的声音。

"无复鸡人报晓筹"是早上,以前天亮了才报晓筹,晚上可以安稳睡觉。除了写声音、写时间,这里还有温度的对比,以前是温暖的,现在是冰冷的。

更强烈的一个对比是什么呢?是下面这一句,"此日六军同驻马,当时七夕笑牵牛",很工整的对仗,但是让我们很心酸。就像电影中两个镜头剪接在一起,这边是现实,突然闪回到"当时七夕笑牵牛",两个人"七月七日长生殿,夜半无人私语时。在天愿作比翼鸟,在地愿为连理枝"(白居易《长恨歌》)。

唐玄宗和杨贵妃两个人,在七夕这天看到天上的牵牛星和织女星,两个人就"笑牵牛",说牛郎织女一年才见一次,但是他们两个人要一辈子在一起。不光这辈子要在一起,还要生生世世永远做夫妻。

可是曾经那么确定的海誓山盟,在今天的马嵬坡这里变成了一个谎言。

"此日六军同驻马",当"六军不发无奈何"的时候,只能让她"宛转蛾眉马前死"。可是曾经不是这样的,曾经两个人说好了一辈子在一起的。这个对比很强烈。

"如何四纪为天子",最后就是一声叹息。一纪十二年,唐玄宗在位四十五年,大约是四纪。"不及卢家有莫愁",莫愁是传说中的民间女子,她嫁到卢家,一辈子幸福快乐。

一个好的作品,它里面会混合着多种不同的声音。这取决于我们从哪个角度来读。如果我们从杨贵妃的立场来读,我们可以听到她的哀怨,我们可以读到诗人的批判。

"此日六军同驻马,当时七夕笑牵牛",诗人用现实的选择来否定了曾经的海誓山盟。在现实面前,曾经的诺言不堪一击。"不及卢家有莫愁",用民间幸福平凡的生活否定了陪伴在天子身旁的荣耀和华贵。

但是如果我们转换一个立场,从唐玄宗的立场来读,我们也可以看见一个男人为自己的懦弱而流下悔恨的泪水。我们可以读到一个人的无奈。

"此日六军同驻马,当时七夕笑牵牛",他能怎么办呢?他也并不想违背当初的誓言吧。可是他必须做出选择。一个人在两难的情况下做选择是会暴露人性的。可是人性本身就是脆弱的,不可靠的。

"如何四纪为天子,不及卢家有莫愁",我们会为他感到悲哀,我们会发现人的自由与人的地位是无关的。当了皇帝就什么都能做了吗?不是的。你拥有权力,你拥有天下,可你还是有不自由的地方。你连爱的自由也没有。你连保护心爱的人的能力都没有。你甚至不如普通的百姓。

这首诗里当然有批判。但是一个好的作家不会只单纯地批判,他会用一个悲悯的眼光来看待人,来看待这个世界。

一首好的诗歌,内部的声音是驳杂的。

我想李商隐在这首诗里写到的不只是单个人的问题,不只是唐玄宗和杨贵妃的问题。伟大的作家面对的永远不是单数的人,而是复数的人。他是面对整个人类在发问:

爱情在什么条件下才是成立的?

·死亡的滤镜·

死亡是生命的一部分，也是爱情的一部分。我想继续深入我们的话题，看一看死亡这个变量对于爱情的影响。

元稹是中唐时期很有名的诗人，他的妻子叫韦丛，嫁给元稹的时候二十岁，两个人大概一起生活了七年。七年之后，韦丛去世了，只有二十七岁。元稹在妻子去世之后写了很多诗，做梦也经常会梦到她。最有名的是三首《遣悲怀》。

我们来读其中的第一首：

> 谢公最小偏怜女，自嫁黔娄百事乖。
> 顾我无衣搜荩箧，泥他沽酒拔金钗。
> 野蔬充膳甘长藿，落叶添薪仰古槐。
> 今日俸钱过十万，与君营奠复营斋。

"谢公最小偏怜女"，谢公指的是东晋的谢安。谢安很喜欢他的侄女谢道韫。有一天下雪了，谢安让大家来作诗，他的侄子谢朗说"撒盐空中差可拟"。他的侄女谢道韫很有才，她说"未若柳絮因风起"。谢安听了很高兴。元稹这里是用谢公来说谁呢？来说他的岳父。韦丛的父亲官至太子宾客，其实相当于宰相了，所以用谢公来比韦丛的父亲。韦丛又是她父亲最小的女儿，所以是"最小偏怜女"。

一个从小锦衣玉食的女孩子，嫁给谁了呢？

"自嫁黔娄百事乖"，黔娄是战国时候齐国的隐士，很穷。他去世后，他的尸体只能用一块白布盖着。孔子的学生曾参去吊唁，看到白布都盖不住尸首。因为布太短了，要斜着盖才能盖住。元稹用黔娄来比喻自己，他说我的妻子自从嫁给我之后，没有一件事情是顺心如意的。

"顾我无衣搜荩箧"，她嫁给元稹之后，没有一句怨言。天冷了，她看见他身上穿得少，就去给他找衣服。可是家里穷，她拿出装衣服的箱子，翻遍了之后才找到。

可是元稹怎么样呢？

"泥他沽酒拔金钗"，元稹就像小孩一样，他说我又没有钱买酒了，你快把你头上的钗子拔下来，我拿去换酒喝。他妻子也不说什么，把头上的钗子拔下来，给他拿去换酒。

"野蔬充膳甘长藿"，吃饭吃什么呢？吃野菜，吃长长的豆叶。"甘长藿"，即便是这样的生活，她也还觉得知足。

"落叶添薪仰古槐"，家里没有柴火了，她就去捡一些槐树落的枯叶来烧。她抬着头看眼前的槐树，她想风再大一点吧，再大一点就可以把叶子吹下来了，不然今天晚上拿什么做饭呢？

"今日俸钱过十万"，元稹说我今天有钱了，再也不用过那样穷苦的生活了，我们今天不用再吃野菜了，我们今天不用再吃豆叶了，我们不用拿落叶去烧了，衣服可以随便买，酒可以随便喝。

可是你已经不在了。

"与君营奠复营斋",他拿着钱做什么呢？他只能拿钱去祭奠，去请僧人来做法事。钱对他来讲没有意义了。

这首诗塑造了韦丛这个女性的形象。我们会发现她是一个眼里面只有元稹、爱着元稹的形象。而与之相对的是元稹不懂事的形象。

当一个人写自己不好，而写对方很爱自己的时候，我想这种书写行为本身，其实恰恰意味着他对对方的爱。

可是他不是在当时就懂得了，如果他当时懂事的话，他不会这样。是什么让他懂得这一切？是什么让他脑海中的形象，让他笔下的形象，是一个贤惠的妻子形象呢？

其实是死亡，是死亡让他懂得了这一切。

死亡在这里就好像滤镜一样，它过滤掉了很多东西。最后剩下的是什么？是妻子对他的爱。

我想这个爱是经过提纯的。其实这个世界上没有哪个人是完美的，人总有缺点。但是在元稹的叙述里，我们看到了一个近乎完美的妻子形象。这里也许有他主观上的美化。也并不能说是美化，只能说他选择了一部分记忆，并且用文字保留了这一部分记忆。他的写作其实有忏悔的意思在里面。

在这首诗里，生活似乎总是错位的。她"顾我无衣搜荩箧"，她眼里面只有他。可是元稹却不懂事，要喝酒，"泥他沽酒拔金钗"。

可能这样的事情经常发生。她说我还留着钱要买点柴火，我们明天的饭还不知道在哪里呢，还要留着钱给你做几件冬天的衣服。他说你留着钱干吗？我要去喝酒。

她是贤惠的，但他是任性的。

更大的错位是什么？是生活富足了，但是她已经不在了。是生和死的错位。

当诗人去写这样的错位的时候，其实充满着遗憾和懊悔。

当然，他的忏悔、他的遗憾会让我们觉得感动。可是这种感动的代价未免太大了，这是死亡带来的领悟。

尽管我们知道元稹后来再娶了，但我想他在写这首诗的时候，内心是真诚的。在这一刻，他的爱是不容怀疑的。就像苏轼虽然后来也再娶了，但是他写下的"十年生死两茫茫"里有着对亡妻真挚的爱。

我们在这一讲里谈论了许多关于爱的话题。我们讲了崔颢《长干曲》中偶然的相遇，讲了李商隐《无题》里面作为秘密的爱情，讲了杜牧的离别，讲了他看似无情的有情，讲了《马嵬》，讲了唐玄宗面临的考验和他做出的选择。我们也谈到了生死的问题，讲到了元稹的回忆，以及死亡给回忆加上的滤镜。我们好像谈论了许多关于爱的话题，谈论了许多因为爱而留下的美丽的句子。

可是你要问我爱是什么，我还是回答不出来。

文学有时候就是这样。它不提供答案，它只是提供种种不同的可能。它告诉我们，这个世界上不是只有一种声音。

但不管怎样，我想爱情总归是美好的，即便它有时候也很脆弱。

幸运的是，人类可以拥有爱的能力。而我想那些真正的爱，终将战胜时间和一切考验。

6 离别与重逢

我们这一讲谈友情。人活在这个世界上，遇到一个好朋友很难。朋友不在多，有一两个真心的就可以了。高山流水，可遇不可求。遇到这样的朋友，却要面临分别，就会感到很失落。"黯然销魂者，唯别而已矣。"（江淹《别赋》）

我很喜欢梁实秋的一篇散文，题目是《送行》。他在结尾是这样写的：

> 我不愿送人，亦不愿人送我，对于自己真正舍不得离开的人，离别的那一刹那像是开刀。凡是开刀的场合照例是应该先用麻醉剂，使病人在迷蒙中度过那场痛苦，所以离别的苦痛最好避免。一个朋友说："你走，我不送你；你来，无论多大风多大雨，我要去接你。"我最赏识那种心情。

然而在人生这场旅途中，离别总是无法避免。我们这一讲读的诗，大多和离别有关。虽然我们也会谈到重逢，可是重逢的下一站，大概也还是离别。

·重复的声音·

我们先来看郑谷的《淮上与友人别》：

> 扬子江头杨柳春，杨花愁杀渡江人。
> 数声风笛离亭晚，君向潇湘我向秦。

"扬子江头杨柳春，杨花愁杀渡江人。"如果我们反复读这两句诗，你会发现诗人在重复一个音节。我们不断地回到yáng这个声音上来。

诗歌是和声音有关的艺术。我们今天读诗歌，很多时候忽略了一个很重要的东西——形式。我们经常把形式和内容分开，然后花很多功夫去挖掘内容，而置诗歌的形式于不顾。其实很多文学作品，它的形式即内容本身。

我举一个例子。剥洋葱的时候我们以为第一层是个皮，于是把它剥下来了，我们以为里边还有个瓤。我们接着剥，怎么还是一层皮呢？我们又剥，里面还是一层皮。再剥，还是一层皮。到最后我们泪流满面，但是我们会发现没有其他东西了，剥完了。没有我们期待的那个瓤。因为皮就是它的实，形式就是内容。文学的形式是有意义的。

"扬子江头杨柳春，杨花愁杀渡江人"，我们不断回到yáng这个声音上。这个反复出现的声音塑造了一个人不舍得走的状态。也许诗人不是有意这样去做的。但对读者来说，重复的声音却的确产生了这样的效果。我们眼前好像出现了一个人，他离开，又回来，不断回到原来的地方。他一个人在这里徘徊，留恋，彷徨。他不舍得走。

"数声风笛离亭晚。"什么是离亭呢？古代的大路上，五里设置一个短亭，十里设置一个长亭。李白写过一首《菩萨蛮·平林漠漠烟如织》："何处是归程？长亭更短亭。"亭是供人休息用的，旅途中停下来歇一歇。很多时候离别就发生在长亭和短亭中。所以它成了一个离别的背景。长亭的意象很常见,比方说柳永的《雨霖铃·寒蝉凄切》:"寒蝉凄切,对长亭晚,骤雨初歇。"再比如李叔同写的《送别》:"长亭外,古道边,芳草碧连天。"

朱之荆说:"'风笛'从'离亭'生出,因古人折柳赠别,而笛曲又有《折杨柳》也。"(《增订唐诗摘钞》)

天色已经晚了,夕阳西下,风里是笛声。

最后一句,他没有说我想你,他没有说你留下吧,他没有说我不愿意走,他只是在描述一个客观的事实,"君向潇湘我向秦"。"不言怅别,而怅别之意溢于言外。"(王鏊《震泽长语》)朋友去湖南,自己去长安。两个人方向相反,背道而驰。

郭兆麟说:"末句'君'字、'我'字互见,实指出'渡江人'来,且'潇湘'、'秦'回映'扬子江',见一分手便有天涯之感。"(《梅崖诗话》)

一边是君,一边是我,一边是潇湘,一边是秦。对称的结构。他们共享的那个动词是什么呢?是"向"。"茫茫别意,只在两'向'字中写出。"(周明辅《增定评注唐诗正声》)这个"向"是有速度的,它很快地把两个人的距离拉开了。这个距离并不是物理上的距离,而是心理上的距离。

俞陛云说:"凡长亭送客,已情所难堪,况楚泽扬舲,秦关策马,飘零书剑,各走天涯,与客中送客者,皆倍觉魂销黯黯也。"(《诗境浅说》)

·已觉是两乡，何曾是两乡·

我们再来看王勃的《秋江送别·其二》：

> 归舟归骑俨成行，江南江北互相望。
> 谁谓波澜才一水，已觉山川是两乡。

"归舟归骑俨成行"，他是一个送行的人，可是怎么偏偏看到的全都是归来的人呢？他明明是要送人走，可是眼前却都是回家的船，是回家的马，他们都从远方归来。

如果我们在车站送过人，就知道这个感觉了。车站有来有往，有的人是从远方坐着车回家，但是有的人是在车站送别人走。当我们送人走的时候，看到那些拖着行李箱回来的人，他们和他们的家人拥抱在一起，我们心里会很难受。一个电影如果拍摄这样的场面，是很能打动观众的。因为有对照，有映衬。有人团圆，有人分别，分别的伤感才会被凸显出来。

王夫之在《姜斋诗话》里面提出一个说法："以乐景写哀，以哀景写乐，一倍增其哀乐。"用快乐的场景来表达悲伤的感情，悲哀的程度会更深。用黑笔在一张黑色的纸上画画，画不出什么，因为颜色被底色吞掉了。如果换一张白纸去画，就会很清晰。写作也是这样。

"江南江北互相望"，其实也没有很远，只是隔了一条江而已。

朋友坐着船渡过江。到了江的对岸,他回头看着我,我在这里看着他。

"谁谓波澜才一水",他说你怎么能说这只是一条窄窄的江呢?这不是一条江呀,在他眼里,这是两个世界的分界线。

"已觉山川是两乡",他说我觉得江这边的山,和江那边的山,已经不在同一个地方了。这是两个世界了。物理上的距离其实没有那么长,一条江能有多宽呢?但是王勃"已觉山川是两乡"。这是心理上的距离。

我们把王勃的诗和王昌龄的《送柴侍御》做一个比较:

沅水通波接武冈,送君不觉有离伤。
青山一道同云雨,明月何曾是两乡。

王勃说"已觉山川是两乡",王昌龄说"明月何曾是两乡",这是两个人的区别。王昌龄被贬到湖南,做了龙标尉。他送他的朋友离开,这个朋友要到武冈去,武冈也在湖南境内。王昌龄说不要紧,你顺江而下,我们一水相连,我们共享这一条江水,我们共享江两岸的青山,我们共享云,我们共享雨,我们晚上还共享着一个月亮。

我们活在同一个世界里,你怎么能说我们分开了呢?

这首诗写得很乐观。唐诗里面有很多写送别写得很乐观的诗歌,比方说"海内存知己,天涯若比邻"(王勃《送杜少府之任蜀州》),你和我即便天各一方,只要我们两个心在一起,我们也好像在做邻居一样。还有高适写的《别董大》:"莫愁前路无知己,天下谁人不识君。"你不要怕,未来的路上没有我陪你,肯定还有别的人来陪你。你还会有新的朋友,你不会孤单。

"青山一道同云雨,明月何曾是两乡。"我们同在一片月光之下,我们有这一轮明月相联系,所以我们也不算是分开。

可是送人走哪有不悲伤的?你如果和他真的是好朋友,是没有那么乐观的。我乐观,我不悲伤,只是因为我不想让你看到我悲伤,只是因为我不想让你也和我一起难过。

我们的确共享着一条江水,我们的确共享着一片青山,我们的确共享着一轮明月。

可是,我们也只剩下这一片月光了。我们之间的联系就只有月亮了。

虽然我告诉你"明月何曾是两乡",我说"莫愁前路无知己",我说"天涯若比邻",可是这个世界上的分别哪有那么轻松。

其实心照不宣的事实是,分别之后,"明日隔山岳,世事两茫茫"(杜甫《赠卫八处士》)。

·预先支取的思念·

上面几首诗谈到距离,其实还是一个空间的问题,接下来我们要谈时间的问题了。之前在讲《锦瑟》的时候,其实和大家谈过,一个敏感的诗人,他不光会关注到现在的自己,他不光会关注到过去的自己,他还会关注到未来的自己。他会把时间线延长,已有的人生经验加上敏感的个性会让诗人提前想到未来发生的情况。王昌龄的这首《送魏二》也是这样:

醉别江楼橘柚香,江风引雨入舟凉。
忆君遥在潇湘月,愁听清猿梦里长。

这首诗前两句给了我们地点,给了我们离别的场景。"醉别江楼橘柚香",在江楼上,两个人喝醉酒,你一杯我一杯,因为要分别了。"橘柚香",时间是秋天。

第二句,镜头从江楼转换到了小舟上。"江风引雨入舟凉",两个人从楼上下来,喝完了酒,该说的话好像也说完了。上船之后,风也来了,雨也来了。当然,这个凉不只是温度上的凉,可能也是情绪上的凉。

"忆君遥在潇湘月",王昌龄想象船开走了之后,在某个晚上,朋友的船停泊在湘江上。"愁听清猿梦里长",晚上朋友听着两岸的猿声。郦道元的《水经注》里说:"常有高猿长啸,属引凄异,空谷传响,哀转久绝。""巴东三峡巫峡长,猿鸣三声泪沾裳。"猿的叫声总是会让人感到凄凉。"听猿实下三声泪"(杜甫《秋兴八首·其二》),听到猿叫的声音,不自觉地就流泪了。

诗人想象朋友在江上,一个人在舟中,在月光的照耀下。他不光是在现实里听到了猿声,感到了悲凉。他入睡了,猿声也随之进入他的梦里。不管你梦着醒着,这种悲哀的情绪始终环绕着你。而诗人之所以会预想那个晚上的情形，是因为他一直在跟着朋友走，不是身体在跟着他走，而是情绪在跟着他走，自己的心在跟着他走。朋友到哪里去了，其实自己也到哪里去了。

而在那样一个时间，诗人会回想起两个人今天分别的场景。

这两句诗里的时间是非常复杂的。日本学者松浦友久说最后两句是："以离别后的某一个时刻为起点，由此'忆'起曾经分手的魏二，同时，在那一时刻想起魏二当下的情况……从现在的时刻（A）设定未来的某一时刻（B），由此回顾过去（A及A以前），再想象在那一时刻（B）魏二的境遇、情形。"（《唐诗语汇意象论》）他的分析是有道理的。

按照松浦友久的说法，这首诗是把时间复杂化了。这样的时间显然是心理上的时间。而时间的延长，并不仅仅是时间本身，它意味着情感的延长，意味着关切的目光一直望向未来。

戴叔伦有一首类似的诗，题目是《别郑谷》，我们来看一下：

> 朝阳斋前桃李树，手栽清荫接比邻。
> 明年此地看花发，愁向东风忆故人。

他在这里栽了桃树、李树，现在已经绿叶成荫，明年就开花了。他想到明年开花的那一刻，他看到开花后，又会回想起自己和郑谷今天在这里分别。

又是一个预想未来回忆现在的时间结构。

古诗里面，尤其是唐诗，时间是复杂的，诗人描述的往往不是客观的时间，不是物理意义上的时间，而是心理上的时间，是一个情感时间。

这种时间结构最有名的诗就是李商隐的《夜雨寄北》。"何当共剪西窗烛"，我想象未来有一天我们共剪西窗烛，"却话巴山夜雨时"，我们在西窗下回忆今天这个听雨的晚上。

很多人读到加西亚·马尔克斯的《百年孤独》之后，感到很惊奇，他怎么能把时间写得这么复杂？《百年孤独》的开头是这样的：

> 多年以后，面对行刑队，奥雷里亚诺·布恩迪亚上校将会回想起父亲带他去见识冰块的那个遥远的下午。

但是这种写法早在唐诗中就出现过。"忆君遥在潇湘月，愁听清猿梦里长"，"明年此地看花发，愁向东风忆故人"，"何当共剪西窗烛，却话巴山夜雨时"，还有我们之前提到过的，在宋词里也有这样的写法，"来岁花前，又是今年忆去年"（吕本中《减字木兰花·去年今夜》），"料今朝别后，他时有梦，应梦今朝"（周端臣《木兰花慢·送人之官九华》）。

·望到望不见为止·

我们来读李白的《黄鹤楼送孟浩然之广陵》：

> 故人西辞黄鹤楼，烟花三月下扬州。
> 孤帆远影碧空尽，唯见长江天际流。

孟浩然比李白大十二岁，我们前面讲过，李白非常崇拜孟浩然，他说"吾爱孟夫子，风流天下闻。红颜弃轩冕，白首卧松云"，可是这样一个朋友要走了。

"故人西辞黄鹤楼"，黄鹤楼在武昌。李白在黄鹤楼送孟浩然离开。

"烟花三月下扬州"，烟花，指的是春天群莺乱飞、杂花生树这样美好的景象。

"孤帆远影碧空尽"，李白站在黄鹤楼上，宽阔的江面上不会只有一条船，但是他眼里只有一只漂荡的小舟。他自始至终盯着的，只是孟浩然所在的那条船。

后来不光是孤帆消失了，帆在水面上的影子也消失了。在天尽头，在水天相交之际，什么都看不见了。他要看到看不见为止。

《诗经》中有一首《邶风·燕燕》，也是一首送别的诗，里面有一句"瞻望弗及，伫立以泣"。我在这里远眺，一直看到看不到你的身影为止。最后什么都没有了，我就站在那里默默流泪。

李白这句诗是从这里化出来的。

"唯见长江天际流"，这一句很动人。唐汝询说："帆影尽则目力已极，江水长则离思无涯，怅望之情俱在言外。"（《唐诗解》）诗人的思念就好像眼前的江水一样悠长。吴烶说："孤帆远影，以目送也；长江天际，以心送也。"(《唐诗选胜直解》)在看不到的地方，心还在继续往前走。

他们的解释都很好。

但是我想李白最后一句里的孤独，其实超出了送别情境中那种具体的孤独。读到最后一句我们会发现，只有江水，留给李白的只有永不停息的江水。

李白写的是空。这个空不是事实层面的空。江上船只来来往往，现在未必是空无一物。他的空，是经过过滤的，是心境上的空。他写此外别无他物，只有江水在流。他也是在写心情，心里空空荡荡。他把失落具象化，具象为宽阔平静的江面，具象为高远的天空。

但同时，我们也知道，江水是什么？"子在川上曰：'逝者如斯夫。'(《论语·子罕》)江水就是时间。

我们会看到，在天地之间，在宇宙之中，在历史的长河里，一个孤独的个体。

留给他的只剩下孤独本身。

·延缓的分别·

王维的《送元二使安西》是送别诗里比较有名的，也叫《渭城曲》：

渭城朝雨浥轻尘，客舍青青柳色新。

劝君更尽一杯酒，西出阳关无故人。

"渭城朝雨浥轻尘，客舍青青柳色新。"刚下过雨，雨把尘埃全都湿润了，空气很清新，道路两旁的柳树都被雨洗过。在这样明媚的景色里，诗人却要在渭城送别故人。

他不是在家里送别，他已经和朋友元二赶了一天路。昨天晚上他们在客舍里歇下了，今天早上他要送朋友走，只是不能再送朋友去更远的地方了。

"劝君更尽一杯酒"，再看一眼柳色吧，再喝一杯酒吧。

王维试图做的，是延缓这个分别的过程。尽管他也知道，一杯酒并不能阻止这次分别。但是延缓的意义在于，它可以让周围的景物、气息、情绪，在朋友的记忆里多停留一会儿。

而停留的意义又是什么呢？

"西出阳关无故人。"王尧衢说："阳关外如有故人，君可不尽此一杯；如无故人在，则此故人一杯酒，安可以不尽？"（《古唐诗合解》）出了阳关，就再也没有老朋友可以对饮了。

让这段记忆延长的意义就在于，在某个孤独的夜晚，此时此刻的印象也许会成为一种陪伴。而这是送行者可以做的最后一件事了。

他说，再喝一杯吧。甚至他都不需要说，他只是举起酒杯，但对方已经了解了他的意思。两个人拿起杯子，一饮而尽。

酒在很多的时候替代了语言。有时候一腔心事，千头万绪，又不知从何说起，于是举起杯子，再喝一杯吧。

· 这个世界下雨了 ·

我们来读许浑的这首《谢亭送别》：

> 劳歌一曲解行舟，红叶青山水急流。
> 日暮酒醒人已远，满天风雨下西楼。

许浑在谢亭送别他的朋友。"劳歌一曲解行舟。"劳歌是什么歌呢？劳歌就是送别的歌。南京有一个劳劳亭。李白写过一首《劳劳亭》："天下伤心处，劳劳送客亭。春风知别苦，不遣柳条青。"该唱的歌已经唱完了，该说的话已经说完了，"解行舟"，把船的缆绳解开来，朋友要走了。

"红叶青山水急流"，水未必很急，船也未必因此走得很快。但是在诗人的眼里，朋友坐的船很快地离开了。这是心理上的速度。

朋友走了之后，只剩下自己一个人了，还有没喝完的酒，于是一个人把剩下的酒喝掉。可是"举杯消愁愁更愁"。自己大醉一场，暂时地躲进去了，好像分别从来没有发生过一样。但是这个梦，这个自我麻痹、自欺欺人的梦，迟早有一刻是会醒的。

诗人醒过来了，刚醒的一分钟两分钟，他可能还是朦胧的状态，不明所以，他的情感还不会有什么波动。他觉得这个世界还像以前一样运转，并不知道发生了什么。

但是当他回过神来的那一刻,他会突然被悲伤击中。我们能感觉到他的悲伤从胃里面翻涌出来。

"日暮酒醒人已远,满天风雨下西楼。"诗人一下子意识到原来朋友已经离开了,留给自己的是什么?留给自己的是满天的风雨。

最后他没有写自己如何不舍,如何难过,如何惆怅。

他写的是,朋友离开以后,这个世界下雨了。

·雕刻时光·

我们接下来谈几首和重逢有关的诗。之前挑了好多诗,后来又一首一首删去了。选来选去,选了杜甫的三首诗。还是觉得杜甫的诗好。很多人说杜甫是个很伟大的诗人,有各种各样的词来形容他。我不知道怎么形容他。对我来说,他可能只是个很好的人。

一个好人,就这么简单。

当然了,我们知道他是"诗圣",是和李白齐名的大诗人。他很了不起。他写诗的技艺很棒。杜甫写得最好的一类诗,是七律。七律很考验写诗的技艺。杜甫和李白不一样。李白写得最好的是长篇的歌行和短小的绝句。每个诗人都有自己擅长的体裁,这和诗人的性格、气质有很大关系。李白完全靠自己的天分,张口就来,往往一出手就是一首好诗。杜甫不太一样。杜甫好像要经过长时间的思考,需要反复斟酌、推敲。

可是我要讲的是,一个真正伟大的诗人,依赖的永远不只是技术。写作的技艺再好，只能成为一个二流的诗人。杜甫娴熟的技巧背后，是很真挚、淳厚的感情。

他关心这个世界，关心这个世界里的人。他是热的，他写的诗也是热的。他很深情。

我们先来看这首《赠卫八处士》：

> 人生不相见，动如参与商。
> 今夕复何夕，共此灯烛光。
> 少壮能几时，鬓发各已苍。
> 访旧半为鬼，惊呼热中肠。
> 焉知二十载，重上君子堂。
> 昔别君未婚，儿女忽成行。
> 怡然敬父执，问我来何方。
> 问答未及已，驱儿罗酒浆。
> 夜雨剪春韭，新炊间黄粱。
> 主称会面难，一举累十觞。
> 十觞亦不醉，感子故意长。
> 明日隔山岳，世事两茫茫。

卫八是人名，具体叫什么不清楚。他排行第八，是一个处士。处士就是有才能但不去做官的人。杜甫和老朋友重逢，写了这么一首诗送给他。

"人生不相见，动如参与商。"参星和商星，一个在西边，一个在东边，永远不会同时出现。人生就是这样，很多时候，我们和朋友分别，就好像参星和商星一样，永远不会再见了。

"今夕复何夕，共此灯烛光。"杜甫化用的是《诗经》里的句子。《诗经》里有一首叫《绸缪》的诗，写一个婚礼的晚上。"绸缪束薪，三星在天。今夕何夕，见此良人。"今天到底是一个什么晚上呢？让我见到了你这样好的人，表达的是惊讶和喜悦的情绪。杜甫在这里也是说自己，既意外，同时也很高兴。今天到底是一个什么样的日子？我们两个人能在烛光下面把酒言欢，互诉衷肠。

这个晚上对杜甫来讲，是一个不期而遇的晚上。他没有期待过会有这么一天，可以见到多年不见的朋友。

"少壮能几时，鬓发各已苍。"人的青春能持续多久呢？慢慢地，头发就全白了。

"访旧半为鬼，惊呼热中肠。"两个人在灯下聊天，聊着聊着就会提到曾经共同的朋友。我们可以想象这样的场景。杜甫说："老李你还记得吗？当初和我们一起读书的那个老李。"卫八说："老李去年就死掉了。"杜甫又说："那个时候我们天天捉弄老杨，老杨你还记得吗？"卫八说："老杨前年就死掉了。"

曾经的朋友，一个一个都成了孤魂野鬼。所以杜甫见到眼前这个老朋友，才会突然觉得心里一热。

杜甫这首诗用的是一个倒叙的结构。接下来他倒回去写，写两个人重逢时的场景。

"焉知二十载，重上君子堂。"杜甫说怎么会想到过了二十年，和你在你家里碰面呢?

"昔别君未婚,儿女忽成行。"当初分别的时候,你还没有结婚,现在你的孩子都长这么大了。你家里的孩子排着队在这里迎接客人。

杜甫写的是一个很生活化的场景。他看着眼前这些孩子,很感慨。他的记忆也会拉回到二十年前。那时候两个人都还年轻。

北岛写过一篇散文叫作《波兰来客》。里面有一句我很喜欢:"那时我们有梦,关于文学,关于爱情,关于穿越世界的旅行。如今我们深夜饮酒,杯子碰到一起,都是梦破碎的声音。"

"怡然敬父执,问我来何方。"杜甫下面写得很有趣。这些小孩子很高兴。卫八平时家里可能也没什么客人,好不容易来一个人,小孩子都很新奇。他们大概会围在杜甫面前,叽叽喳喳吵个不停。"叔叔,你叫什么呀?""叔叔,你从哪儿来呀?""叔叔,你和爸爸以前是好朋友吗?"杜甫就如实地把这个场景写下来。他觉得很好。

我们可以想象,一个终日漂泊在外、穷困潦倒的中年男人,看见这些小孩子的时候,内心应该是很感动的。这是生命鲜活的气息,和自己身上的沧桑感、风尘感不一样。

"问答未及已,驱儿罗酒浆。"孩子们还没问完,他父亲就说快别问了,快去给客人拿酒来。这就是生活的样子,一群小孩子,一个老朋友。

"夜雨剪春韭,新炊间黄粱。"晚上没有别的菜,外面还下着雨,吃什么呢? 想来想去大概也没有什么好招待的,家里面肯定也不富裕，没有山珍海味，于是去后面的菜园，现割一把韭菜。割下来的韭菜大概刚被雨水洗过，绿油油的，很新鲜，带着泥土。

《红楼梦》里面有一道菜，曹雪芹写得很详细，叫"茄鲞"。《红楼梦》第四十一回，刘姥姥来大观园，贾母她们招待刘姥姥，吃什么呢？王熙凤给刘姥姥夹了一些茄鲞，说："你们天天吃茄子，也尝尝我们的茄子弄得可口不可口。"刘姥姥一吃，这哪是茄子？王熙凤就给她讲这个茄子是怎么用鸡油炸过，怎么用各种各样的料来拌。一个茄子，要用十几只鸡来配。

我们会发现这也许是一个隐喻，隐喻了贾府里面的人。

贾府里的老爷太太们其实丧失了生命原来那种自然的状态，被一层一层地包裹起来。贾家嘛，大家慢慢就"假"了。

可是刘姥姥带来了一种新的生命形态。刘姥姥给他们带来了真的瓜果蔬菜，刚从地里面摘下来的。这些还带着泥土的瓜果蔬菜其实就是刘姥姥自己，她的生命也是带着泥土的。但是带着泥土的恰好是生命本身，一个很真实、很自然的生命状态。两相对照，我们看见两个世界，两种人。曹雪芹其实用一道菜，写了两类不同的人，一真一假。可是"假作真时真亦假"。

读杜甫的这句诗，会想到刘姥姥，会想到《红楼梦》。"夜雨剪春韭"，一盘真实的菜，里面的感情也是真的。晚上没有山珍海味，刚剪下来的韭菜，可能炒一盘鸡蛋，就当成一盘菜拿上来了。刚蒸好的白米饭，里面混着小米。这是很廉价的一顿饭，不用花几个钱就能买到。可是一辈子能吃到几顿这样的饭呢？

"主称会面难，一举累十觞。"卫八说："不说别的，我先干为敬。"举起杯子来，一连喝了十杯。

"十觞亦不醉"，干了十杯，他也不醉，"感子故意长"。因为很多年没见了，他见了老朋友太高兴。"最难风雨故人来。"风雨夜，和老朋友久别重逢，人生能有几个这样的夜晚呢？

宋朝有一个词人叫朱服，他写过一首《渔家傲·小雨纤纤风细细》，里面有一句我很喜欢："拼一醉，而今乐事他年泪。"有些时候其实心里是懂的，这样的日子以后不会再有了。现在的快乐多年以后回忆起来，会潸然泪下。可是有什么办法呢？改变不了现实，也改变不了未来。那不如今天就一醉方休，不如今天我们就喝个痛快。

"明日隔山岳，世事两茫茫。"明天又要分开了。这里的山岳指华山。明天你我会被这座高山相隔。再往后，可能就不只是这一座山，而是千山万水了。我们又回到了各自不同的世界里。

什么叫"世事两茫茫"？这是安史之乱之后写的诗，国家的命运不知道，个人的命运也不知道，人就像浮萍一样，不知道要到哪里去。以后可能再也不会见了。

这首诗有没有难懂的字词？没有。有没有生僻的典故？没有。但是这不妨碍它成为一首杰作。诗是什么？诗是家常话。诗也是什么？诗也是真感情。用真感情说出来的家常话，往往能感动别人。

"没有什么道路通向真诚，真诚本身就是道路。"（万方《冬之旅》）

学文学，读书，写文章，最后其实是要学会四个字：修辞立诚。

能够真诚地认识自己,能够真诚地表达自己,能够真诚地去感知这个世界,我觉得就可以了。

我们回过头来看这首诗,你会发现,这首诗在形式上有它的特点。诗的开头和结尾其实并不长。开头写的是什么?开头写的是"人生不相见,动如参与商"。这是现实,两个朋友动不动就会天涯永隔。最后写的是什么?写的是"明日隔山岳,世事两茫茫",又回到了现实。而中间很长的一个部分杜甫在干吗?他在写这个晚上。

现实是什么?现实是"不相见",现实是"两茫茫",他从一个冰冷的现实进入这个晚上,又从这个晚上出离到冰冷的现实之中。可是他还能拥有这样一个晚上。这个晚上是不期而至的。这个晚上是温暖的。

这首诗中间的部分比较长。杜甫在不断堆叠这个晚上的细节,他写卫八,写卫八的孩子,写"儿女忽成行",写小孩不断地问,很吵,写晚上吃的饭,写"夜雨剪春韭",写主人"一举累十觞"。他在写什么?他在写流水账。但是我们能感受到,他其实不过是想用更多的细节来留住这个晚上,他不断地用细节来雕刻一段温暖的时光,希望它在自己的记忆中留存的时间更长。

"生活不是我们活过的日子,而是我们记住的日子。"(加西亚·马尔克斯《活着为了讲述》)

这个晚上对杜甫来讲好像一场梦。这个梦是暖色调的。杜甫让我们感受到,冰冷的人间还有一点温度。这就是杜甫的《赠卫八处士》。

· 121 ·

在梦和现实交界的地方

先讲一下李白。李白和盛唐时期很多人都有过交往,比方说王昌龄。王昌龄比李白大三岁左右,王昌龄被贬,李白写了诗送给他,"我寄愁心与明月,随君直到夜郎西"(《闻王昌龄左迁龙标遥有此寄》)。还有孟浩然,我们前面讲过他给孟浩然写的《黄鹤楼送孟浩然之广陵》。

李白和杜甫也有过交往。在杜甫三十多岁的时候,两个人一起游历过一段时间。后来两个人分别,再也没有见过。对杜甫而言,这是一段很重要的记忆,他在之后的人生里不断地回味这段记忆。他给李白写过十几首诗。李白也给杜甫写过诗,但是不多。

"安史之乱"爆发以后,李白加入了永王李璘的幕府。结果永王李璘谋反,李白也被牵连。朝廷把他流放到夜郎,夜郎就是今天的贵州。从前那个地方气候不好,去了之后九死一生。

杜甫当时在秦州,他只知道李白被流放了,但是其他的消息就不知道了,所以很担心。他每天心里挂念着李白,因此好几个晚上做梦梦见李白。于是杜甫写了两首《梦李白》,这是第一首:

死别已吞声,生别常恻恻。
江南瘴疠地,逐客无消息。
故人入我梦,明我长相忆。
恐非平生魂,路远不可测。

> 魂来枫林青，魂返关塞黑。
> 君今在罗网，何以有羽翼？
> 落月满屋梁，犹疑照颜色。
> 水深波浪阔，无使蛟龙得。

"死别已吞声，生别常恻恻。"人难过的时候会哭。难过的程度越大，哭的声音越大。可是真的难过到了极点，哭是发不出声音的，这就是"吞声"。杜甫说其实要是真的知道你已经死了，反倒好过一些，大不了这样撕心裂肺地哭一场。可更难受的是什么？是他不确定李白是不是还活在人间。李白有可能还活着，有可能已经不在了。这个最折磨人。杜甫心里有一线希望，但是他又不是那么确定。现在也得不到什么确切的消息，每天只能活在煎熬里。

"江南瘴疠地，逐客无消息。"李白被流放到南方，南方多瘴气，很多人因为瘴气生病，可能就活不长了。

"故人入我梦，明我长相忆。"杜甫晚上梦到李白，他想大概是因为李白知道自己在想他。接下来他就开始写这个梦了。

"恐非平生魂，路远不可测。"恐怕自己在梦里面见到的，已经不是李白的生魂了。因为路太远了，谁也不知道在流放的过程中会发生什么。可能李白现在已经去世了。

"魂来枫林青，魂返关塞黑。"他的魂魄从南方来，又从北方回去，两个人就这样在梦里见了一面。

"君今在罗网，何以有羽翼？"杜甫说你现在应该是在大狱里面,你怎么能飞来飞去呢?你怎么会到我的梦里来呢?上面"恐非平生魂",他已经怀疑李白死掉了,这里他又在怀疑。他一直不能确定。可是感人的地方就在于他不能确定。他左右摇摆,犹犹豫豫。其实我们知道,他很想得到一个确定的消息,但是他内心又害怕得到一个确定的消息。

"落月满屋梁,犹疑照颜色。"这首诗我最喜欢的是这两句。梦醒了,看到这满屋子的月光,但是又没有完全醒。"颜色"就是李白的容貌。他写自己将醒未醒之际,看见李白的脸庞还在自己眼前,月光就照在他的脸上。会不会还是你?是不是我们在现实中真的碰面呢?其实没有。

"水深波浪阔,无使蛟龙得。"等到彻底醒来之后,他没有别的话好说,只能在诗里写下自己的祝愿。说什么呢?江湖险恶,你自己要多多保重了。

杜甫写下这首诗的时候,还是不确定,李白的消息不知道,死没死不知道,留给他的只有昨天晚上的一个梦而已。

这首诗好就好在它让我们看到了一个人在交界之处的状态——"落月满屋梁,犹疑照颜色"。在梦和现实的交界之处,在真和假的交界之处,那里有一个人,满怀关切。

那个人是杜甫。

这一边是杜甫,另外一边,李白在干什么呢?李白已经被赦免了。李白本来要去夜郎,结果走到白帝城的时候,朝廷把他赦免了。李白高兴坏了,写了一首《早发白帝城》:

朝辞白帝彩云间，千里江陵一日还。
两岸猿声啼不住，轻舟已过万重山。

·你好，再见·

我们讲了杜甫和卫八的重逢，讲了杜甫在梦里和李白的重逢，最后讲一下杜甫和李龟年的重逢，《江南逢李龟年》：

岐王宅里寻常见，崔九堂前几度闻。
正是江南好风景，落花时节又逢君。

美国有位汉学家叫宇文所安。他有一本书我很喜欢，叫作《追忆：中国古典文学中的往事再现》。在这本书的导论部分，宇文所安对杜甫的这首《江南逢李龟年》进行了非常细致而精彩的分析。我下面的解读主要是参考了宇文所安的观点。

李龟年是盛唐时期一个特别有名的音乐人，唱歌唱得很好，懂音律，很受达官贵族的喜爱，也很受唐玄宗的喜爱。所以李龟年经常出入皇宫和那些贵族的府邸。

岐王，指的是岐王李范。李范是唐玄宗的弟弟。崔九指的是崔涤。这两个人都是唐玄宗的宠臣，他们身边结交了很多的诗人、音乐家。当李龟年、岐王、崔九三个名字摆在一起的时候，它们就不只是名字了。它们构成了一个符号，一个关于盛唐的符号。

"岐王宅里寻常见，崔九堂前几度闻"，这两句写的是一个时代,是和盛唐有关的记忆。可是属于杜甫和李龟年的盛唐记忆,现在已经离他们很远了。

《明皇杂录》里有这样的记载:

……其后龟年流落江南,每遇良辰胜赏,为人歌数阕,座中闻之,莫不掩泣罢酒。

"安史之乱"以后,李龟年流落到江南。大概他还要继续通过歌唱来谋生。他会出现在一些宴席上。但是那些听李龟年唱歌的人,都会流下眼泪。为什么?因为他们在李龟年身上看到了一个时代的盛衰变化。曾经的盛唐已经过去了,繁华不再,一切都只能成为回忆。

当然这是第一层比较悲哀的地方,表面上看是杜甫和李龟年的重逢,实际上是杜甫和曾经盛唐时代的重逢。

第二层的悲哀在哪里呢?是杜甫和曾经的自己又一次重逢。

"岐王宅里寻常见",他不是说我经常在那里见到你,他说的是你曾经在那里,可能也会看到我,我也经常出现在那些宴会上。我也和这些达官贵人交往过。而且是"寻常",是"几度",不是偶尔一次两次。

所以杜甫看到李龟年的时候,他看到的是青春时候的自己,他看到的是属于自己荣耀的时刻。他曾经也有过理想的,他曾经也有过机遇的,他曾经也有过"致君尧舜上,再使风俗淳"(《奉赠韦左丞丈二十二韵》)的可能的。可是他现在怎么样呢?人最怕的就是这样。活着活着,你会发现你离自己期待的样子越来越远,这是一种。

但是还有一种,你活着活着,活成了自己最讨厌的样子。你活着活着,把自己给活丢了。很多的时候是这样的。当我们不断地想从这个世界获得什么的时候,这个世界也在不断地向我们索取。这个世界是很残酷的,它是要我们去交换的。当我们从这个世界拿一样东西的时候,它可能会向我们要另外一样东西。

陶渊明后来意识到这一点。他说"既自以心为形役,奚惆怅而独悲"(《归去来兮辞》)。什么叫"心为形役"?他需要不断地出卖自己的灵魂,来满足肉体的需要。他有一天终于想通了这个事情,他说我不干了。他把自己的欲望降到最低,他说我只要一日三餐可不可以,我只希望自己还能有一个完整的灵魂。

可是你要知道,他不干了之后,他回到家里一样焦虑。因为他有很多没有实现的事情。他经常晚上睡不着觉。他说:"日月掷人去,有志不获骋。念此怀悲凄,终晓不能静。"(《杂诗十二首·其二》)一晚上过去了,第二天白天去喝酒。又一晚上过去,第二天再去喝酒。他没有我们想的那么旷达。很多人在深夜咬紧牙关的时刻,是我们看不到的。

回到杜甫这里。杜甫和自己重逢,他遇到年轻的自己,可是同样也遇到一个年老的自己。李龟年站在他面前的时候,他好像看到了镜子里的自己一样。李龟年老了,杜甫当然知道自己也老了。

曾经的他有那么多想要实现的,曾经的他想要去改变这个世界，可是最后会发现，是世界慢慢改变了自己。他现在老了，什么都做不了了。"明日隔山岳，世事两茫茫。"国家的命运在哪里？个人的前途在哪里？都不知道。对他来讲，唯一确定的是什么？是死亡的迫近。

第三层悲哀的地方是什么呢？你会发现杜甫写的是重逢，但他写的也是永别。他通过一个很微小的词来提示我们，"落花时节"。

古人看到落花是很敏感的，满天凋零的花朵就是你的生命，就是你逝去的青春。到了暮春，诗人们往往会伤感。看到落花，会觉察到自己的生命也有尽头。在这个落花时节你我重逢，可能这就是我们这一生最后一次相遇了。

重逢即是永别。

他写盛唐时代像落花一样，他写个人的青春像落花一样，他写每个人的生命像落花一样，都是无比脆弱。而我在这个落花的时节遇到了你，我也将在这个落花的时节和你告别。

何焯说："四句浑浑说去，而世运之盛衰，年华之迟暮，两人之流落，俱在言表。"(《义门读书记》)

我们回过头来想一下，这首诗为什么会让我们感动呢？大概是因为这首诗文字表面呈现出来的和它的深层情感之间有一个反差。

我们再来细读这首诗的每一句话。"岐王宅里寻常见，崔九堂前几度闻。"这是一个美好的回忆。我们曾经在酒席上欢声笑语，你当时的演奏赢得满堂喝彩。这些都是如此美好。

"正是江南好风景",他强调的是"好风景"。"落花时节又逢君",重逢,同样是快乐的。每一句话都是快乐,但是每一句话下面都是悲哀。隐藏在文字下面的东西,杜甫不讲。

他好像是在故意掩饰。两个人到了这把年纪,身上都带着属于各自的记忆,他们也都带着属于这个时代的记忆。当两个人突然重逢的时候,他们不用说也知道过去自己有过什么,也知道将来自己会面对什么。这些是不必说的。

杜甫用很快乐、很美好的场景来掩饰自己不想提及,也不愿意面对的悲哀。诗表面的文字和它内在的情感背道而驰,是两个方向,一下子把这首诗的空间拉开了。

这首诗很简单,但是这首诗又很复杂。它就像海明威说的冰山一样,虽然只有很少一部分露在海面上,但仍然宏伟壮阔。

那些我们看不到的,深藏在海底。

7 旅途与故乡

我们前面谈过了爱情，谈过了友情。这一讲我们进入一个新的话题，旅途与故乡。其实只要离开了故乡，就都算是踏上了旅途吧，即便是暂时安定下来，心理上也总有一种"漂泊感"，觉得自己是"在路上"。旅途往往是很孤独的，"萍水相逢，尽是他乡之客"（王勃《滕王阁序》），偶尔比较幸运，"同是天涯沦落人，相逢何必曾相识"（白居易《琵琶行》）。

人在路上，就难免会想家，会怀念故乡。故乡不是一个抽象的概念，它有时候是一种味道，一道菜的味道，有时候是颜色，梅花的颜色，也会是声音，是过了很多年自己还在使用的腔调，是月光，是无数个夜晚望着的那个方向。故乡可能也是无法抵达，是不断试图接近，但接近却会消失的存在。

·也许是个错误·

我们先来看杜牧的这首《南陵道中》：

南陵水面漫悠悠，风紧云轻欲变秋。
正是客心孤迥处，谁家红袖凭江楼？

"南陵水面漫悠悠，风紧云轻欲变秋。"秋风吹过去，杜牧坐在船里，漂漂荡荡。"正是客心孤迥处"，他当然知道，自己是一个客居他乡的人，结果一抬头，看见"谁家红袖凭江楼"，这种在异乡的孤独感变得更强烈了。

为什么孤独更强烈了呢？俞陛云对后面两句的解释很好："意谓客怀孤寂之时，彼美谁家，江楼独倚，因红袖之当前，忆绿窗之人远，遂引起乡愁。云鬟玉臂，遥念伊人，客心更无以自聊矣。"（《诗境浅说》）

因为看到江楼上这个女孩子，想起了自己家中的"伊人"。"想佳人妆楼颙望，误几回、天际识归舟。"（柳永《八声甘州·对潇潇暮雨洒江天》）想着她是不是每天也在盼望着自己回家，每天也是"独倚望江楼"，但却"过尽千帆皆不是"（温庭筠《望江南·梳洗罢》）。

当然了，眼前江楼上这个姑娘，可能是在无心地眺望，也有可能是在等待属于她自己的那个"归人"。

如果是后者，对于这个女孩子来说，杜牧不是她期待的那个人。对于杜牧来说，这个女孩子也不是他心上的那个人。但是他们俩相遇了，这一场邂逅其实就是一个错误。

郑愁予写过一首很有名的诗，题目就叫《错误》。他是以一个过客的视角去写的。漂泊在外的过客骑着马，经过了一个女孩子的门前。诗的结尾说："我达达的马蹄是美丽的错误，我不是归人，是个过客……"那个女孩子听到马蹄声，还以为是她的丈夫回来了。对这个男孩子来讲，这里也不是他的终点。所以这次邂逅对两个人来说都是一次错误。

他们触发了彼此的心事，但又不是彼此的答案。

杜牧这首诗里面有没有这么复杂的意思呢？可能没有。那个姑娘有没有看到杜牧呢？可能根本就没看到，更谈不上怅惘。我承认我在解读的过程中加入了自己的想象。但是文学作品本身是开放的,也因此可以有很多理解的可能。阅读有趣的地方就在于,我们可以充分地参与到这个过程中,而不是作为被动的接受者去接受某些现成的结论。

杜牧写完这首诗以后,这首诗已经不属于他了。当李白和杜甫写完了他们的诗,他们的诗也都不属于他们自己了。"作者之用心未必然,而读者之用心何必不然。"(谭献《〈复堂词录〉序》)好的作品会留下一个广阔的空间,足够后人去解读,足够后人在解读的过程中使用自己的想象力,足够后人在里面看见许许多多的东西,比如我们自己。

阅读始终是和我们自己有关的事。我们不必去寻求一个标准答案,也不需要得到什么权威的认可。

对我们来说,文学其实就是一面镜子,每一个人在里面都会看到不同的自己。你可能看到的是你期待成为的样子,可能是你现在害怕去面对的样子,可能是你曾经有过的样子。在人生中,孤独是无法避免的。但是阅读文学,在镜子里看见自己,会帮助我们善用自己身上的孤独。

美国的文学批评家哈罗德·布鲁姆写过一本很有名的书叫《西方正典》(*THE WESTERN CANON*),里面有这样一段话:

> 莎士比亚或塞万提斯,荷马或但丁,乔叟或拉伯雷,阅读他们作品的真正作用是增进内在自我的成长。深入研读经典不会使人变好或变坏,也不会使公民变得更有用或更有害。

心灵的自我对话本质上不是一种社会现实。西方经典的全部意义在于使人善用自己的孤独，这一孤独的最终形式是一个人和自己死亡的相遇。

布鲁姆说的是西方经典。其实对任何一种作品的阅读来说，都是这样。

·充满未知的旅途·

当然了，敏感的诗人，他不只看到当下的自己。我们讲过崔护的《题都城南庄》，"去年今日此门中，人面桃花相映红"，唐诗里回忆是很常见的写法。故地重游，看到物是人非，会觉得落寞惆怅。我们也讲过一些诗人会预感到未来的悲伤，"预愁明日相思处，匹马千山与万山"（李嘉祐《夜宴南陵留别》）。对于在旅途中漂泊的诗人来说，他们对未来会更加敏感。比如张籍的这首《感春》：

> 远客悠悠任病身，谢家池上又逢春。
> 明年各自东西去，此地看花是别人。

他在这里看花，欣赏眼前的春天。但同时，他又不能完全沉浸在春天的美好里。为什么？因为是"远客"，并且还是"病身"。他不属于这里。对此时此地的春天来说，他是一个外来者。对生机勃勃的春天来说，他也格格不入。他还想到，明年在这里欣赏春天的会是谁呢？肯定换了一个人。他言下之意，这个地方换了别人，而他自己也会流落到别的地方。

从"各自"这里，我们也可以推断出，和他一起看花的，大概还有别人。大家同是作客他乡。可是大家又同会各奔前程。明年此地的物是人非，被诗人提前预料到。"砌下梨花一堆雪，明年谁此凭阑干。"（杜牧《初冬夜饮》）

诗人们之所以会想到未来的状况，是因为有从前的人生经验。对他们来说，命运是不确定的。因为从前就是这样，每年漂来漂去的。每年看花的地方都不一样，一起看花的人也不一样。"可惜明年花更好，知与谁同。"（欧阳修《浪淘沙·把酒祝东风》）这些经历构成了他们对命运的理解。所以他们会不自觉地想到，明年可能又要漂到别的地方去了。明年自己在不在这个世界上，都不一定了。

· 他们也在想我吧 ·

张籍的《感春》是情感在时间轨道上的挪移。当然，情感也会在不同的空间里自由流动，比如白居易的《邯郸冬至夜思家》：

> 邯郸驿里逢冬至，抱膝灯前影伴身。
> 想得家中夜深坐，还应说着远行人。

到了冬至的时候，家家户户团圆，晚上可能会吃一顿饺子。

所以冬至的时候如果人在外面,会感到格外孤独。

"抱膝灯前影伴身",很形象。冬至的晚上,这个驿馆里不会有人了。大家都各自回到自己的家了。白居易一个人,抱着膝盖,没有人来陪着聊聊天,最后做伴的只剩下自己的影子。李白那句诗很有名,"举杯邀明月,对影成三人"(《月下独酌四首·其一》)。当一个人只剩下影子陪着自己的时候,那种孤独的程度是很深的。

这首诗后面两句写得很巧妙,白居易写的是另外一个空间。但是另外一个空间发生着什么呢?他其实一点都不知道。全都是他自己想象出来的。所以他用的是"应"。"应",就是大概,表示推测。说来说去,这些情况全都是他自己的想法。他没有写自己多么多么思念家里的亲人,他写的是家里的亲人可能正在谈论着自己,但是我们可以读到里面的思念。

我们试着还原一下他写诗之前的心理过程。他自己"抱膝灯前",周围什么都没有,思绪很容易飘远,飘着飘着就飘到家里了。一个人在外面,想家再正常不过了。想家,想什么呢?他们是不是已经吃上饺子啦?是不是正在围着火炉取暖呀?是不是在一起说些闲话呀?说什么呢?哎呀,再往下想,可能他们正在说我呢,说我一个人还在外面漂泊。这样一想,就更难过了。于是提笔写道:"想得家中夜深坐,还应说着远行人。"

这种写法最有名的就是王维的那首《九月九日忆山东兄弟》:

独在异乡为异客,每逢佳节倍思亲。

遥知兄弟登高处，遍插茱萸少一人。

诗里想象对方正在想自己，把诗人的思念反而写得更深了。

冬至还不算特别特殊，大年三十是最特殊的时刻。大年三十的晚上，如果还在外面流浪，最让人难过。"人之兴感，莫过于除夕；除夕之感，莫过于客中。"（唐汝询《唐诗解》）

我们来看高适的《除夜作》：

旅馆寒灯独不眠，客心何事转凄然。
故乡今夜思千里，霜鬓明朝又一年。

除夜，就是除夕，大年三十的晚上。一年当中，你所有的日子都可以不在家里，但是除夕说什么都应该和家人团聚。高适说"故乡今夜思千里"，他不说我想你们，他说你们现在可能正在家里想我。这和白居易的写法是一样的，"想得家中夜深坐，还应说着远行人"。

"霜鬓明朝又一年"，霜鬓，头发都白了。唐汝询说："怀乡方切，衰老继之，客心所以悲。"（《唐诗解》）如果说现在很年轻的话，他可能也觉得没什么。但对现在的高适来说，活着就是活一年少一年。明天自己又长了一岁，而现在却还在外面漂泊，在这样一个特殊的时刻。

他尽量地想从现实当中脱离出来，我们可以看到他的努力。

他说"故乡今夜思千里",把情绪转移到了故乡,转移到了另外一个空间,可是他想到的是家人们可能正在想自己。他又想极力地把自己的情绪转移到另外一个时间中,可是他发现明天这个时候,自己又长了一岁,时间在身上又划了一道刻痕。这是一个无处可逃的困境。在这样一个小小的旅馆里,他好像被囚禁在一个充满哀伤的时空中。

家家户户都在团圆,一个在旅途中的漂泊者,陪伴他的只有这一盏孤灯。

·被推进春天的人·

我们再来看戴叔伦的《除夜宿石头驿》:

> 旅馆谁相问,寒灯独可亲。
> 一年将尽夜,万里未归人。
> 寥落悲前事,支离笑此身。
> 愁颜与衰鬓,明日又逢春。

戴叔伦这首诗也是写除夕晚上,一个人在外独自度过。

"旅馆谁相问,寒灯独可亲",这个"亲"用得有意思。徐增说:"灯却对我,我却不堪对灯。但旅馆迫窄,无一步可移之处,只得向灯而坐,似觉可亲。"(《而庵说唐诗》)陪着自己的,只剩下"深夜一枝灯"。崔涂的《巴山道中除夜书怀》里有两句,"乱山残雪夜,孤烛异乡人",情境与戴叔伦这两句类似。

"一年将尽夜,万里未归人。"写得真好,看起来好像是家常话,平平淡淡地讲出来,但是每一个字都很重。

戴叔伦在后面继续写道:"寥落悲前事,支离笑此身。"他回顾自己的前半生,他说我前半生就这样过去了,一事无成。他说什么事情都没有做成,最后怎么却还落下这一身病,还在外面漂泊着?想着想着,他自己也觉得好笑。

"愁颜与衰鬓,明日又逢春。"如果我们单纯来看最后一句,"明日又逢春",其实是一件开心的事。明天又是春天了嘛。可是把它和前一句连起来看,你就看到他的无奈了。

他是什么意思呢?他说我是一个配不上春天的人。春天,到处都是生机勃勃的,到处莺飞草长,到处充满希望。他说我有什么呢?我什么都没有。我有的是已经衰老的容颜。有的是什么呢?有的是一具被病痛缠绕的肉身。

他说我是一个不配走进春天的人。

他没有希望了,他也没有生机了,可是他被迫着被时间推进下一个春天。我想这是更难过的事情,他其实不愿意往前走的,但是他被时间的巨轮推着向前。就像张籍写的那首《感春》一样,"谢家池上又逢春"。对他们来讲,其实春天没有那么快乐。他们感受到自己其实已经被排除在外,但是却又要无可奈何地走进春天。

上面这几首诗都是写旅途中的孤独,而这几首诗动人的地方就在于,它们发生在一些特殊的时刻,一些家家户户都在团圆的时刻,一个外部世界很喧闹的时刻。除夕作为一个背景经常出现在文学作品里。我再来举一些小说中类似的例子。

比方说,当大家都在祝福的时候,到处都是欢乐的气息,但是没有人管祥林嫂去哪儿了。她一个人在这样一个热闹、喜乐、祥和的夜晚孤单地死去了。我们是在热闹中看到孤独,在欢乐中看到人的冷漠。我们看见一个人悄悄地离开了这个世界,然而她的离开并没有引起其他任何人的关心。她的死只会在第二天被人当作一个谈论的话柄。仅此而已。

再比方说,汪曾祺写过一篇小说叫《岁寒三友》。汪曾祺在小说里写了三个人,他们遇到了难关。到了大年三十这一天,别人都在家里团聚,他们三个在酒馆里喝酒。汪曾祺最后一句写得很简洁,他说"外面,正下着大雪",不光是写一个自然环境,也是写人间的冷。他们活在一个充满苦难的冰冷的人间。而他们能做的,不过是把自己手里这杯酒喝掉,借此获得一点温暖,借此暂时地逃脱。

西方也有类似的写法,但不是除夕了。是什么时候呢?是圣诞节。安徒生写的《卖火柴的小女孩》,大家小时候都读过。一个圣诞节的晚上,这边橱窗里面灯火通明,那边大家一起围绕着餐桌吃火鸡、吃蛋糕,这边街角是卖火柴的小女孩。她划着一根火柴,眼前出现了一个火鸡,但是火柴一灭,她眼前什么也没有了。她又划亮一个火柴,立马出现了其他的东西。她又划亮一根火柴,她眼前出现了她的祖母,可是她的祖母很快也消失了。到最后,她特别想抓住她祖母,她把手里所有的火柴都划尽了,在火柴的光里,她的祖母把她带走了,带她去了另外一个世界,一个不再有寒冷和孤独的世界。

·与平凡和解·

我们再读一首杜甫的诗,《旅夜书怀》:

> 细草微风岸,危樯独夜舟。
> 星垂平野阔,月涌大江流。
> 名岂文章著,官应老病休。
> 飘飘何所似,天地一沙鸥。

像戴叔伦一样,在旅途中,一个人很容易想到的是自己这么大年纪了还在漂泊,自己这么大年纪了却还一事无成。而这就是杜甫在这首诗里问自己的一个问题:"名岂文章著,官应老病休。"

他说名声难道是要靠文章来获取的吗?因为对古代的男性来讲,文章反而没那么重要。重要的是什么?你要做官,你要加入士大夫的队伍。可是他说"官应老病休",朝廷给他的任命迟迟没有下来,他觉得可能永远也不会下来了。自己现在已经这么大岁数了,而且一身病,可能等不到了。难道自己的名声是要靠这些文章传扬下去吗?

甚至最悲哀的就是,可能他对他自己写的诗文也没有那么自信。虽然他在诗里面不断夸耀,比方说,他说"诗是吾家事"(《宗武生日》),他说自己"七龄思即壮,开口咏凤凰"(《壮游》)。但是当他过分强调的时候,我们可以看到一个没有那么自信的杜甫,对吗?他对自己能不能靠文章而传名于世这件事其实也没有那么自信。他在问自己,当然这也是我们每个人都会问自己的问题:

这样平凡地过完自己的一生,会不会觉得甘心?

杜甫在这首诗里创造了一个特别宏阔的空间。"星垂平野阔,月涌大江流。"在这片平原上面,我们看到了满天的星星。我们会有一种错觉,觉得这可能不是杜甫写的。如果说李白写出这样的句子,我们会觉得比较适应。可是这的确是杜甫写的,杜甫说"月涌大江流"。月光照在大江上面,奔腾不息的江水从自己眼前流过。他听到的,是江水流过的声音,他看到的,是穹苍中的星斗。一个非常壮阔的画面。

但杜甫不是要写空间的大,他是要写什么?他是要写细草,他说草是那么渺小。他是要写危樯,他说桅杆是那么细瘦。他是要写夜舟,他说停泊在那里的小舟是如此孤独。他是要写鸟,他说在天地之间根本没有人会注意到鸟的影子。

他是为了写这些,所以他会写一个特别大的空间。而在这么大的一个空间里,他写的也不是草,也不是危樯,也不是夜舟,也不是鸟。

他写的是他自己。

对杜甫来说,他就是那棵小草;对杜甫来说,他就是细瘦的桅杆,就是停泊在岸边很孤独的船;他就是沙鸥。

可能总有一天我们会面对这样的问题。我可能实现不了"致君尧舜上,再使风俗淳"的理想了。那些宏大的东西已经离我而去了。曾经我不断宣扬说要改变世界,可是到了这把年纪,已经被世界改变得没有继续改变的余地了。

在那一刻,你会不会觉得甘心?

可能在那一刻,在你发现自己无能为力的时候,你会看到满天的星斗,你会看到月光,你会听到江水流淌的声音,你会看到孤独的沙鸥的影子,你会发现原来自己的影子和它的影子,重叠在了一起。

这就是杜甫的这首《旅夜书怀》。

·那一晚的钟声·

我们再来读张继的《枫桥夜泊》:

> 月落乌啼霜满天,江枫渔火对愁眠。
> 姑苏城外寒山寺,夜半钟声到客船。

欧阳修读完张继的这首诗之后,有过一个评价。他说"其如三更不是打钟时",意思是张继犯了一个常识性错误,寺庙晚上是不敲钟的。欧阳修之后,许多人都拿出证据反驳了他的观点,证明的确有寺庙在晚上敲钟。

为什么讲这件事呢?我们读诗歌,不要过于拘泥于它和现实的关系。一方面,我们对现实很多的情况,了解得不是很全面。

另一方面，诗歌也不完全是对现实的反映。我们为什么讲意象，意象是什么呢？意象是你心灵的一个象，它不是物象，它是经过变形的象。客观的世界在诗人的心里经过了一次变形之后，才呈现在诗里的。诗是什么？诗就是语言对这个世界的变形。所以如果我们过于拘泥诗歌和现实的关系，你会发现我们其实是在刻舟求剑，是在买椟还珠。我们拿着现实的标尺去卡诗歌里的字句，这对理解诗歌是无效的。

中国台湾有个著名的散文家，叫张晓风。她写过一篇散文，题目是《不朽的失眠》，就是写张继这首《枫桥夜泊》的。她想象了很多场景。她说张继这一天心情很不好，为什么很不好？因为他科举落榜了。他晚上就停泊在枫桥这里，失眠了一晚上。但是这场失眠是不朽的失眠，因为它造就了这首伟大的诗。

这些场景并没有什么历史依据，完全是张晓风自己想象出来的。阅读诗歌的时候，诗人的生平、作品的背景并不能有效地帮助我们去理解一首诗。这一点我们在第一讲里已经谈过了。读完张晓风的散文再来读这首《枫桥夜泊》，这首诗就被固定在一个很有限的空间里了，所有的前因后果都坐实了。我们获得了一种理解，但同时失去了其他理解的可能。

我一直觉得，所谓的诗人逸事其实和读诗这件事一点儿关系都没有。甚至可以这样说，作品要大于作者。李白重要，不是因为他让高力士给他脱靴子才重要。李白重要是因为他写了《将进酒》，写了《蜀道难》，写了《静夜思》，是因为他写了很多我们今天读起来仍然感动的诗歌。重要的是诗，而不是诗人。当作者完成了这个作品之后，作品就不属于他了。如果作品能够超越时间，它会留给后人很大的空间。我们可以不断在里面看到不同的东西。

下面我们来读这首诗。

"月落乌啼霜满天。"前半夜的时候月亮升起，到后半夜的时候月亮慢慢落下去了。这里的霜大概指的是月光，像霜一样的月光洒满了整个夜空。

"江枫渔火对愁眠。"这首诗他只在这一句里提到了自己的情绪——愁。"江枫渔火"，这四个字很漂亮。也许没有什么深意，但是它很美。美是不需要理由的。"潮落夜江斜月里，两三星火是瓜洲"（张祜《题金陵渡》），画面与这一句很像。

其实我觉得也没有必要解释这首诗，大家自己念一遍，觉得美，就可以了。俞平伯在北大讲词，就是念一遍。比方说他讲到李清照的《醉花阴·薄雾浓云愁永昼》，"莫道不消魂，帘卷西风，人比黄花瘦"。他说好，真好，就下课了。汪曾祺回忆他早年在西南联大的老师唐兰，也是这样。上课的时候拿无锡话念一遍，"双鬓隔香红，玉钗头上风"（温庭筠《菩萨蛮·水精帘里颇黎枕》），就结束了。文学有时候不能完全依赖于讲解。我这样逐句地讲，其实很煞风景。

"姑苏城外寒山寺。"诗的完成，往往是很偶然的事情。张继这一晚停泊在这里，恰巧旁边的寺就叫寒山寺。寒山这个地名和整个诗的意境，和诗人此刻的情绪是很协调的。我换一下就不一样了，如果是"南城门外报恩寺"，感觉就不对了。寒山寺这个名字不是诗人编造的，那个寺的确就叫寒山寺，可是这三个字念出来，就是此时此地诗人的情绪。他感受到冷，感受到枯寂，而恰好有这样一个地名就在眼前出现了。

"夜半钟声到客船。"这首诗你说他在写愁，他愁什么呢？张晓风把它固定了，说他是因为考试没考好，所以愁。可是我觉得不是。我们读的时候，不要把这个愁固定成一种愁。你不知道他在愁什么，可能张继自己都不知道在愁什么，可能他只是感受到了旅途中的一种孤独感。

而这种孤独感也不只是单单出现在这一次旅途里，它贯穿我们的整个人生。人生本身就是一场旅途，在这场旅途当中，我们都会感到孤独。

他听到了远处传来的钟声，钟声是从寺庙里传来的。寺庙里的钟声往往带有启示意义。这个钟声在传达着什么呢？它也许在敲醒一个在人生的旅途中漂泊着的、感到疲惫和孤独的人。

当然，这个钟声可以向他启示着什么，这个钟声也可以只是钟声本身。

一千多年过去了，我们今天仍然可以听到那个晚上的钟声。它越过水面，从历史的深处传来，余音袅袅，波澜不惊，让我们感到平静。

· 刻在 DNA 上的乡愁 ·

我们下面要聊一聊故乡。从哪里开始呢？就从这首《静夜思》

开始吧：

床前明月光，疑是地上霜。
举头望明月，低头思故乡。

"床前明月光，疑是地上霜。"诗人提出了一个问题，地上的一团白光，他不确定到底是月光，还是寒霜。这首诗我们从小背到大，太熟悉了，反而忽略了背后隐藏的东西。用霜来形容月光，在古代很常见。"夜月似秋霜"（萧纲《玄圃纳凉诗》），"空里流霜不觉飞"（张若虚《春江花月夜》）。月光和霜，都很皎洁、干净，同时都有凉意。所以这首诗从一开始，就是凉的。

霜在温度低的时候才会出现。前半夜没有，往往后半夜才有。但诗人在这里的困惑是很自然的，是下意识的。他几乎没有犹豫地困惑了。为什么？他其实在告诉我们，这个夜晚已经过去了一半。这是一个在后半夜试着说服自己入睡的人。

徐增说："客中无事之夜，于床前数尺地，忽见一片之光。寒月色白，故疑是霜，意以为天晓矣。"（《而庵说唐诗》）

徐增的说法也有道理。如果是这样，我们就更能理解诗人为什么要追问这个看起来没什么意义的问题了。他试图确定的，其实不是到底是霜还是月光。他要确定的，是这个晚上是不是已经结束了。

"床前明月光，疑是地上霜。"这两句诗背后，站着一个失眠的旅人。

他没有睡着，没有睡着当然有很多原因了。虽然没有讲，但是我们大概也能读出来一个人在旅途中漂泊的那种孤单。

接下来，"举头望明月"，这个动作是下意识的。我们可以想象，诗人本来要睡觉了。可能他已经说服自己，你应该睡觉了。他可能已经试着让自己把所有的情绪都按在心底了。他已经试图把可能会困扰到他、让他难过的那些东西，都按下去了。可是当他抬起头的一瞬间，月光一下子把那些情绪全部唤醒。"举头望明月，低头思故乡。"

李白诗歌里最常见的两个要素，一个是酒，一个是月光。余光中写过一首诗，叫《寻李白》。他说："酒入豪肠，七分酿成了月光，余下的三分啸成剑气，绣口一吐就半个盛唐。"

我们会发现，李白每次写到月亮的时候，他其实毫无愧色，他和月亮是一个很平等的状态，甚至他在月亮面前是很狂傲的。"青天有月来几时？我今停杯一问之。"（《把酒问月·故人贾淳令予问之》）"举杯邀明月，对影成三人。"（《月下独酌四首·其一》）"我寄愁心与明月，随君直到夜郎西。"（《闻王昌龄左迁龙标遥有此寄》）"小时不识月，呼作白玉盘。又疑瑶台镜，飞在青云端。"（《古朗月行》）

但是在《静夜思》里，李白最后一句写的是"低头思故乡"。"低头"这两个字，特别不李白。"仰天大笑出门去，我辈岂是蓬蒿人。"（《南陵别儿童入京》）这是我们印象里的李白。可是在这首诗里，李白低下头。

你忽然发现，一个人在月亮面前开始变得不知所措。

为什么？因为他被月亮唤起了太多太多的情绪，而这些情绪本来已经被他压下去了。他可能已经做好了要睡觉的准备，可是当他抬起头那一刻，所有的情绪都翻涌上来了。

月亮对古人来说很重要，所以经常会出现在文人的笔下。

月亮往往会加剧思念。看到月亮，会想到远方同在月亮下的故乡、亲人。

对很多漂泊在外、远离故乡的人来说，就像月亮在这个晚上对于李白来说，月亮同时也意味着一种距离。当他"举头望明月"的时候，月亮跟他之间是有距离的，而这个距离永远无法逾越。月亮是他永远无法抵达的一个存在。而月亮和他之间的距离，其实就如同故乡和他之间的距离。

故乡也成了一个无法抵达的存在。

古人小时候，启蒙读物是《诗经》，大家是从"关关雎鸠，在河之洲"开始进入到更古老的情感世界。不知道从什么时候开始，我们的启蒙变成了"春眠不觉晓，处处闻啼鸟"，变成了"床前明月光，疑是地上霜"。《静夜思》这首诗其实是和我们的童年、故乡联系在一起的。我们中的大部分人，是在故乡完成了唐诗的启蒙。一代一代的人，是在故乡获得了对这首诗的认知。

可是这是一首思乡的诗。

很多年之后，我们可能会离开故乡，当我们回忆起自己的故乡，回忆起自己的童年的时候，我们会发现自己关于童年、关于故乡的记忆是附着在一首思乡的诗上面的。

当我们小时候在故乡去背这首诗的时候，并不会意识到，这可能是命运在我们生活里面埋下的一个伏笔。我们会发现思乡的情绪其实很早之前已经刻在了自己的 DNA 上面。而当我们离开故乡，在某个夜晚，我们和李白一样抬起头来看着月亮的时候，我们心里的情绪，那些早已经刻在 DNA 上的情绪，会被月光唤醒。

·还有几句未完的话·

当我们离开了故乡之后，和故乡如何保持联系呢？可能书信是一个很好的方式，我们来读张籍的这首《秋思》：

> 洛阳城里见秋风，欲作家书意万重。
> 复恐匆匆说不尽，行人临发又开封。

"洛阳城里见秋风"，为什么见到秋风，就"欲作家书意万重"？我们会发现风其实是见不到的，风没有颜色，也没有形状。他见到的是什么？是秋风带给这个世界的变化。

秋风会让诗人感受到一种生命衰飒的气息。秋风让诗人看到落叶，看到北雁南归。张籍的家乡在南方，他在洛阳城里做官，可能他看到大雁南飞，也会想起自己的故乡吧。

这里其实还有一个典故。西晋的时候有一个人叫张翰。有一天刮起了秋风，他感受到了秋天的寒凉，一下子想起了自己的家乡。他想起了家乡的什么呢？他想起了家乡的菜，莼菜羹、鲈鱼脍。他说人活一辈子，就活一个开心，就活一个痛快，我干吗要跑到千里之外的这个地方来做官呢?我干吗放着我家乡的美味不去享用呢?然后他就辞官了,回家去了。当然,这里面也许有政治的原因。想起家乡的鲈鱼脍、莼菜羹,就辞官不干了,或许只是一个借口。其实他是为了逃避政治上的斗争。

可是食物和思乡之间到底有没有关系呢?阿城写过一篇文章,叫《思乡与蛋白酶》。他在这篇文章里就讲了思乡和食物之间的关系。小时候,父母都劝孩子们不要挑食。为什么不让小孩子挑食?因为人在童年时期,肠胃里的蛋白酶结构还不太稳定,需要吃各种各样的东西,来形成比较丰富的蛋白酶结构。这样长大以后你才可以消化不同的食物。你的饮食习惯慢慢固定下来之后,蛋白酶结构就不太容易被改变了。很多年之后,你到别的地方去,你第一天吃那里的饭,晚上一定会想家。阿城说是你胃里面的蛋白酶消化不了那些东西,于是引发了你情绪上的变化。他讲的也许有一定道理吧。

所以张翰有可能的确是因为想到了家乡的鲈鱼,想到了家乡的莼菜羹,于是辞官不干了。

回到这首诗。张籍可能也是想到了家乡的食物,所以才会想要写一封家书。对古人来说,书信是很贵重的东西。"欲作家书意万重",每次写信,都有很多话要讲。拿起笔来,千头万绪,又不知道从哪里说起。好不容易写完了,要找人把信送出去,结果"复恐匆匆说不尽,行人临发又开封"。怕刚才在信里遗漏了什么,送信的人刚刚出门又把他叫回来,把信封打开,添上了很多想说的话。

张籍比较幸运,他还有信可写。有的人连信都没的写,像岑参,"马上相逢无纸笔",只能"凭君传语报平安"(《逢入京使》)。他手头没有纸,也没有笔,有一肚子话想说却说不了。最后怎么办?如果和那个路上碰到的朋友讲很多,他回去可能就忘了。千言万语最后化成一句话:带个口信回去,说我在这边一切都好就可以了。张籍还可以"行人临发又开封",比岑参好一些。

可是他最后把信写好了,补充完了,寄出去之后怎么样?之后漫长的等待就开始了。"云中谁寄锦书来"(李清照《一剪梅·红藕香残玉簟秋》),就开始等了,开始盼了。

我们今天可以语音,可以视频,我们看起来离得更近了,但其实好像又离得更远了。古人只靠文字,凭着文字去想象对方的模样、表情,想象对方的一切。文字和实际的情况之间是有距离的。每一个读信的人,他在读信的时候,都通过自己的想象走过了一段很长的距离。可是在他走过这段距离之后,其实彼此之间的感情反而变深了。

·熬成故乡的他乡·

我们再看刘皂的这首《渡桑干》:

> 客舍并州已十霜,归心日夜忆咸阳。
> 无端更渡桑干水,却望并州是故乡。

诗人的故乡在咸阳。可是因为某些特殊的原因,他在并州住了十年。在外面客居的这十年,没有哪一天不想家。有一天终于要离开这里了,可是却要去更远的地方。当他再回头看并州的时候,发现并州好像成了自己的第二个故乡。

这是很难过的事情。他已经把他乡熬成了故乡。

"无端更渡桑干水,却望并州是故乡。"他用的是"无端"这两个字,他说没有什么理由的,不知道为什么就要离开。当然这不可能,一定是因为某些迫不得已的理由,他需要离开这个地方。可是他用的是"无端",他在讲什么?他在讲命运的不可捉摸,他在讲命运的不确定性,好像有一只命运的手在抓着你。你今天在这里,明天在那里,这些都是不受你控制的。他此刻当然想回到故乡了,可是没有机会。他想继续留在这个他已经熬成第二故乡的地方,同样没有机会。

在古诗里,这种写法比较常见,叫作"加一倍写法"。A情况是我们常人能够理解的一个很悲伤的情况,可是我经历的不只是A情况,而是在A情况上又加一倍的B情况。"客舍并州",这是常有的离别故乡的情况,可是我现在连这个地方都没办法继续待下去。

我举几个例子,比方说王勃写的《秋江送别二首·其一》,"已觉逝川伤别念,复看津树隐离舟"。再比方说《红楼梦》里面林黛玉写的那首《秋窗风雨夕》,"已觉秋窗秋不尽,那堪风雨助凄凉"。已经百花凋零,已经秋风萧瑟了,更何况满天凄风冷雨,让人怎么承受得住呢?

·客，从何处来·

我们前面讲了好多思乡，故乡好像总是在远处，永远也回不去。最后我们来读一首终于回到了故乡的诗，贺知章的《回乡偶书二首·其一》：

少小离家老大回，乡音无改鬓毛衰。
儿童相见不相识，笑问客从何处来？

贺知章三十七岁的时候中了进士，在这之前他就已经离开家乡了。他八十六岁的时候回乡。这个时候距离他离开家乡超过了半个世纪的时间。曾经的亲人、朋友，肯定是"访旧半为鬼"了。家乡的这些小孩子肯定也没见过他，所以他们见面就会问，"客从何处来"呀？

我们还原一下贺知章写诗的现场。先是有一群孩子问了他这个问题，他才有感而发，写下这首诗。而当他提笔写诗的时候，他其实有着非常复杂的情绪。他在这些孩子身上看到了曾经的自己，那个"少小离家"、"乡音无改"的自己，但同时，他也看到了现在的自己，"老大回"、"鬓毛衰"。我们把这首诗的前两句从中间切开。第一句前半部分，"少小离家"，写他小的时候离家。第二句前半部分，"乡音无改"，故乡的语音语调烙在他身上，没有被时间改变。而每一句的中间像是有一个时光的棱镜，折射出半生的变化。两相对照，中间是长达半个世纪的时间跨度。岁月的沧桑感一下子出来了。

其实不只是"儿童相见不相识"，贺知章自己看着镜子里的自己，恐怕也认不出来了吧。

我们来读一首吕温的《读小弟诗有感，因口号以示之》。这首诗或许可以帮助我们理解贺知章《回乡偶书》里的情绪：

忆吾未冠赏年华，二十年间在咄嗟。
今来羡汝看花岁，似汝追思昨日花。

吕温读到了他小弟写的诗，有感而发。他小弟写了一首什么诗呢？"似汝追思昨日花"，诗的内容就是他小弟追思昨天看花的情景。昨天看花花还在，可能今天看花花就不在了。所以看到花的衰落，想到自己，感受到时间在自己身上的变化。

吕温看到了他小弟感慨时间的变化，他看到的不只是他小弟，他看到的是什么？是他自己，他在他的小弟身上看到了自己。今天的"你"，就是曾经的"我"，而"我"看"你"，就像你看你昨天的自己一样。

回过头来，我们再来看贺知章的这首诗。

"儿童相见不相识，笑问客从何处来。"他在儿童身上看到了自己，可是悲哀的是，他成了一个不被故乡接纳的人，他成了这个故乡不认识的人，他成了一个故乡的异乡人。

其实最后这个问题他也是在问自己，"客从何处来"？我到底是从哪里来的？我的故乡在哪里？是京城吗？还是这里呢？其实可能两边都不会接纳他。他成了一个无所依凭、没有着落的异乡人。

我们可以听见这些小孩子欢快的笑声，我们也可以看到一个老人孤独的眼泪。

如果我们抛开这首诗的具体语境，最后一句其实是一个属于我们人类的共同问题：客从何处来？你是从哪里来的？你的故乡在哪里？而有一天你又会回到哪里去呢？这个故乡可能不是指一个有形的故乡，不是一个具体的地图上的坐标。这个故乡更多指的是你精神的故乡。

海德格尔说"诗人的天职是还乡"。我们精神的原乡，在哪里呢？

8 黄昏与月光

从这一讲开始，我们要进入到一些特殊的时刻，一些在唐诗中出现比较多的时刻。这些时刻往往和自然有关。我们会发现，自然的变化会影响到人情绪的变化。钟嵘说："气之动物，物之感人。"(《诗品》)刘勰说："春秋代序，阴阳惨舒，物色之动，心亦摇焉。"又说："岁有其物，物有其容；情以物迁，辞以情发。"(《文心雕龙》)

当然了，自然的变化其实只是起一个催化剂的作用。诗人写诗，主要还是因为心里有感情。但是这个感情在普通的时刻也许是"休眠"的状态。但是当外物发生变化的时候，诗人的内心也被触动了，于是情不自已。这些特殊的时刻也好像是放大镜一样。作客他乡，怀才不遇，生离死别……在一些特殊的时刻里，同样的情感可能会被放大好几倍。

同时我们也会谈到一些常见的意象，以及和这些意象相关的情感内涵。

我们先从一个较短的时段说起。一天里，什么时候比较容易哀伤呢？我想一个是黄昏，唐汝询说："一日之愁，黄昏为切。"(《唐诗解》)。还有就是深夜。深夜无眠，只有天上一轮孤月陪着自己的时候，月光也会使惆怅变浓。

·牛和羊已经回家了·

我们先来看黄昏。中国最早的关于黄昏的诗歌，大概是《诗经》里的《王风·君子于役》：

君子于役，不知其期。曷至哉？
鸡栖于埘，日之夕矣，羊牛下来。
君子于役，如之何勿思！
君子于役，不日不月。曷其有佸？
鸡栖于桀，日之夕矣，羊牛下括。
君子于役，苟无饥渴！

《诗经》中有很多很好的诗，其实只要破除了文字的障碍，你会发现它表达的情感离今天的我们很近。

这首《王风·君子于役》讲的是什么呢？丈夫在外面行军打仗，妻子每天期盼她的丈夫回来。她说"君子于役，不知其期"，不知道丈夫什么时候能回家。我们在《沙场与闺房》那一讲里讲过边塞诗和闺怨诗，讲过征人妇的形象。其实从《诗经》开始，类似的形象就已经出现了。

"鸡栖于埘"，埘就是鸡窝。到了傍晚，天暗下来，鸡回到自己的窝里要睡觉了。"日之夕矣，羊牛下来。"夕阳要落山了，羊啊牛啊也从山坡上下来，回到了自己的圈里棚里。

她在讲什么呢？她在讲鸡、鸭、牛、羊都回到了自己的家，为什么我思念的那个人还远在天涯？

这首诗写得很平静。自然的一切都要安息了。万物即将进入夜晚的宁静时刻。只有一个内心失落的人在自言自语：他什么时候能回家呢？

从这首诗开始，和黄昏有关的意象就不断出现在诗人的笔下。钱钟书先生提炼出一个概念，叫作"暝色起愁"。一到了傍晚，到了黄昏，看到夕阳西下，诗人们的愁绪就纷涌而来。或者说，诗人们很喜欢写黄昏，而诗歌里的主人公在黄昏的背景下往往会感到哀伤。

我们会发现写黄昏的诗句太多了。"暝色入高楼，有人楼上愁。"（李白《菩萨蛮·平林漠漠烟如织》）"落日楼头，断鸿声里，江南游子。"（辛弃疾《水龙吟·登建康赏心亭》）"梧桐更兼细雨，到黄昏、点点滴滴。"（李清照《声声慢·寻寻觅觅》）还有很多可举的例子。黄昏和很多情绪都建立了联系。

·青春融化在夕阳里·

清代的许瑶光写过《再读〈诗经〉四十二首》，里面有一首说《王风·君子于役》"已启唐人闺怨句，最难消遣是昏黄"。唐代的闺怨诗其实可以在《诗经》里找到源头。我们来读一首刘方平的《春怨》。和《王风·君子于役》一样，《春怨》和等待有关，也和失望有关：

纱窗日落渐黄昏，金屋无人见泪痕。
寂寞空庭春欲晚，梨花满地不开门。

"纱窗日落渐黄昏"，窗外夕阳西下，事物的影子被落日拉长。

"金屋无人见泪痕",我们讲宫怨诗的时候讲过"金屋藏娇"的典故。这首诗你可以把它理解成是一首宫怨诗。住在金屋里的女子,等待着君主的宠幸,但是怎么等也等不到。当然了,这里也不一定就是指宫里的女子。

这一天又要结束了。又是期待落空的一天。又是要一个人独自面对的深夜。如果我们把黄昏和后面的落花结合在一起,你会发现黄昏在这里不仅仅意味着希望的落空,它还意味着什么呢?青春的逝去。刘拜山评价这首诗说:"曰'黄昏',曰'春晚',伤年华之将逝。"(《千首唐人绝句》)

没有一个人可以永远活在自己的青春里。"最是人间留不住,朱颜辞镜花辞树。"(王国维《蝶恋花·阅尽天涯离别苦》)"不悲花落早,悲妾似花身。"(杜荀鹤《春闺怨》)每个人都会无可避免地老去。对这个女孩子来说,这是让她觉得难过的事实。

"寂寞空庭春欲晚,梨花满地不开门。"她知道外面有梨花,可是她不敢开门。为什么呢?"不忍见梨花之落,所以掩门耳。"(唐汝询《唐诗解》)因为她怕看见满地落花,她怕看见自己融化在夕阳里的青春。

李清照写过一首《如梦令·昨夜雨疏风骤》:

> 昨夜雨疏风骤,浓睡不消残酒。
> 试问卷帘人,却道海棠依旧。
> 知否,知否?应是绿肥红瘦。

这首词可以帮助我们理解《春怨》里"不开门"的心情。晚上有风雨,花也一定被打落了。李清照知道自己的生命有一天也会是这样,于是用酒来解愁。

第二天早上醒过来,她知道外面有落花,可是她不敢去看,她让她的侍女去看。侍女大概随便看了一眼,回来"却道海棠依旧"。她说没有变化,海棠花还在那儿好好的。李清照说怎么可能,"知否,知否?应是绿肥红瘦"。那些花现在肯定已经落到地上,剩下的恐怕只有叶子了。

诗人是敏感的,普通人可能就没那么敏感了。侍女不会关注到花有没有落,即便看到了,可能也不会有什么哀伤。

有时候太敏感其实也并不是什么好事,做个诗人反而没有普通人过得开心。

·时间不会等你·

张乔的这首《河湟旧卒》写了一个在黄昏里吹笛的老兵:

> 少年随将讨河湟,头白时清返故乡。
> 十万汉军零落尽,独吹边曲向残阳。

"少年随将讨河湟",年轻的时候跟着将领去征讨失地,"头白时清返故乡",可是等到时局安定了、头发白了之后才回到家乡。"十五从军征,八十始得归。"(《十五从军征》)一生就交待在战场上面。

"十万汉军零落尽",曾经和他一起去打仗的那些战友,现在已经回不来了。我们前面讲过许多和战争有关的诗。"汉月高时望不归","万里长征人未还","五千貂锦丧胡尘"……战争就是这样,"由来征战地,不见有人还"。

"独吹边曲向残阳",夕阳下,一个老人,吹着一首边地的曲子。可能当年在边地,每次这样的曲调响起来的时候,他都会意识到自己是这里的陌生人,他都会想起自己遥远的故乡。可是当他年老回到故乡的时候,他在夕阳下却又吹起了边地的乐曲。为什么呢?

我们会发现,人的记忆其实是附着在很多东西上面的。比方说马塞尔·普鲁斯特(Marcel Proust)写《追忆似水年华》(*A LA RECHERCHE DU TEMPS PERDU*),主人公吃到一块小玛德莱娜点心,很多的回忆就奔涌而来。还有比方说一首歌曲。有时候我们会单曲循环一首歌,也许过了一段时间就不听了。但是有一天偶然听到,当时单曲循环的那一段记忆,那段时光的情绪、气氛、味道就全都回来了。

老人吹这首曲子,其实是在纪念他在战场上付出的、已经离他而去的青春。他是在纪念他的战友,那些再也回不来的战友。所以当他不断地吹起这首曲子的时候,实际上是在不断地走进曾经的那些记忆。

这首曲子有一个背景色——夕阳。我们在讲怀古诗的时候提到过,夕阳经常作为一种背景色出现在怀古诗里。夕阳其实是时间的颜色。夕阳既和时代的沧海桑田有关，也和个人青春的消逝、生命的衰颓有关。诗人写到这个老人"独吹边曲向残阳"，其实也是在写这个老人进入到了自己生命中的黄昏。他也会像夕阳一样缓缓落下，他也即将走向那个每个人都会面临的终点。

所以我们会发现，夕阳也是关于一个人一生终结的象征。"昔我往矣，杨柳依依。今我来思，雨雪霏霏。"（《诗经·小雅·采薇》）你不要以为诗人只是单纯地在写春天和冬天，他是在写一个人从自己生命的春天走向了生命的寒冬。这首也是这样，一个少年从带着希望的、带着活力的朝阳时刻，走向了自己生命中的夕阳时刻。

我们都知道夸父逐日的故事："夸父与日逐走，入日。渴、欲得饮，饮于河、渭，河、渭不足，北饮大泽。未至，道渴而死。弃其杖，化为邓林。"（《山海经》）

一个民族的神话常常包含着这个民族的集体无意识。我们迫切地想要留住那个不断下沉的太阳，我们迫切地希望它停在这一刻。你不断地去追赶，可是它下沉的速度比你奔跑的速度要快得多。时间是留不住的。

这里面隐藏着的是其实我们对于时间的焦虑，隐藏的是我们对于死亡终将到来的不安和恐惧。夸父终究没有追上太阳。我们试图去留住时间，可是时间不会等我们。夕阳最终是会落下去的。

· 在消失前驻足 ·

我们来读李商隐的《乐游原》：

> 向晚意不适，驱车登古原。
> 夕阳无限好，只是近黄昏。

黄昏时候的很多愁是非常具体的。比方说我们前面讲到的《王风·君子于役》，就是一种期待的落空，一种希望泯灭的惆怅。比如刘方平的《春怨》，到了黄昏，产生了年华逝去的悲哀。《河湟旧卒》里的黄昏就不只和青春有关了，还有整个生命的大终结。这些都是黄昏容易引发的情绪。

在李商隐这首诗里，具体是一种什么愁呢？他没有说。他只是说自己"向晚意不适"，到了傍晚，不开心了。于是"驱车登古原"。古原，就是乐游原。乐游原是长安地势比较高的地方。到了乐游原，可以看到整个长安城。大概他想到乐游原上去散散心。

"夕阳无限好，只是近黄昏。"当他到了古原上之后，他面对的是什么呢？他面对的是即将落下的夕阳。

纪昀说这首诗"百感茫茫，一时交集，谓之悲身世可，谓之忧时事亦可"（《玉谿生诗说》）。

这首诗可以和时代有关。我们站在后人的视角去看，我们知道李商隐是晚唐的诗人，唐朝正处在衰落的时期，不久就要灭亡了。可能他在当时也会有这种敏感，会意识到时代是下沉的。"乌衣巷口夕阳斜"，"落日秋声渭水滨"，"古槐疏冷夕阳多"……夕阳下落的轨迹和时代的轨迹重合在了一起。这首诗里可能也有所谓的"沉沦之痛"。

这首诗也可以和李商隐个人的生命有关，可以是一种年华迟暮的落寞。他可能感受到自己正走在生命的黄昏里，自己也终将走向死亡这个必然的终点。而他还有很多没有实现的理想，这些可能都没有机会去实现了。

这首诗也可以和美有关。在这样一个时刻，李商隐感受到了一种美。他说，"夕阳无限好"。夕阳是美的，夕阳下的景色也是美的。"烟树人家，在微明夕照中，如天开图画。"（俞陛云《诗境浅说》）虽然这种美并不持久。刘永济说："作者因晚登古原，见夕阳虽好而黄昏将至，遂有美景不常之感。"（《唐人绝句精华》）但是在李商隐的生命中，这种美曾经存在过，而他也在落日消失之前为它驻足片刻，我想这就足够了。

人的生命其实和夕阳一样，是短暂却美好的。时间不能为我们停留，我们却可以在美的面前驻足。

·月光是一座桥·

接下来我们要讲的是月光。

写诗其实很苦，快乐的时候一般不会有什么表达的冲动，诗里面像"却看妻子愁何在，漫卷诗书喜欲狂"（杜甫《闻官军收河南河北》）这样的句子是很少的，大部分都是写哀愁、伤感。"情动于中，而形于言。"这个情，往往都是在这个世界上咽下的苦。刘勰讲"蚌病成珠"。我们今天读诗，有时候觉得美，像一颗颗珍珠。但是想想珍珠产生的过程，就知道作诗不是什么容易的事了。

除了黄昏，诗歌里出现比较多的时间是晚上。是因为心里有放不下的事，有睡不着的愁，所以往往"辗转反侧"之后就"揽衣起徘徊"（《明月何皎皎》）。诗人看着天上一轮孤月，内心被澄澈的月光触动，原有的情绪被激荡开来，于是"挥毫落纸如云烟"（杜甫《饮中八仙歌》）。

月亮经常出现在诗里，但是附着在月光上的情，和具体的情境有关。月亮本身是无情的，但是看月的人有情，于是月亮便被赋予了不同的意义。李商隐写过一首《月》：

> 过水穿楼触处明，藏人带树远含清。
> 初生欲缺虚惆怅，未必圆时即有情。

看见一弯残月就心生惆怅，可能是因为自己所处的环境不如意。而通常想到月圆的时候就开心，也只不过是自己的一厢情愿。李商隐说，月亮未必对人有情。金榜题名的时候，看残月也会觉得美。落第了，或者被贬了，月圆反而让人心里更愁。张泌有一首《寄人》：

> 别梦依依到谢家，小廊回合曲阑斜。
> 多情只有春庭月，犹为离人照落花。

月亮未必多情，只是诗人把自己的心情投射到了月亮上，才觉得月亮是多情的。

因此月光在诗里怎么变化，纯粹是依赖作者彼时彼刻的心境。我们这里谈两种出现频率比较高的和月亮有关的情感。

第一，月亮往往和永恒联系在一起。这一点我们前面在讲怀古诗的时候提到过。"淮水东边旧时月，夜深还过女墙来。"（刘禹锡《石头城》）"只今惟有西江月，曾照吴王宫里人。"（李白《苏台览古》）"人生代代无穷已，江月年年望相似。"（张若虚《春江花月夜》）月亮是不变的，但人世是变化的。因此看到明月高悬在夜空，会感受到沧海桑田、人生易逝的惆怅。

第二，月亮还和思念有关。这里的思念，可以是对故乡、对亲人的思念，也可以是对朋友或者恋人的思念。作客他乡，心里有牵挂，晚上睡不着，抬起头看着天上的月亮。月亮在这个时候是一种联系，你和另一端的联系，"明月何曾是两乡"。你和故乡、朋友、恋人同在这片月光之下。月亮建立起的这种联系有时候会加剧诗人的思念。比如王建这首《十五夜望月寄杜郎中》：

中庭地白树栖鸦，冷露无声湿桂花。
今夜月明人尽望，不知秋思落谁家。

中秋节，家家户户在这一天都团圆了，晚上可能大家都在吃月饼、赏月，闻着桂花的清香。可是王建说什么呢？他说"今夜月明人尽望"，大家都在望着天上的月亮，可是"不知秋思落谁家"。有的家庭是团圆的，团圆的人望着月亮，天上的月亮也是圆的，他们感受到的是欢乐。可是还有人并没有回家，他眼里的月亮，大概并没有那么圆满吧。当然诗人在这里指的是自己了。所以有时候月亮虽然建立起了自己和故乡、和他者的联系，但反而会加剧内心的思念。"举头望明月"，就会情不自已地"低头思故乡"了。

我们来看杜甫的这首《月夜》：

> 今夜鄜州月，闺中只独看。
> 遥怜小儿女，未解忆长安。
> 香雾云鬟湿，清辉玉臂寒。
> 何时倚虚幌，双照泪痕干。

"安史之乱"之后，潼关被破，杜甫携带家眷逃到鄜州的羌村。六月的时候逃过去，八月听说唐肃宗在灵武即位，杜甫马上就要赶到灵武去，结果在途中被叛军俘获了，被抓到长安。杜甫在长安写了这首诗。

"今夜鄜州月，闺中只独看。"他看着长安的月亮，想到此时此刻，在鄜州的妻子也在看着月亮。当然这都是杜甫的想象了。现在他的妻子未必就站在月光下面。我们之前讲过好多这样写的诗了。"遥知兄弟登高处，遍插茱萸少一人"，"想得家中夜深坐，还应说着远行人"，"故乡今夜思千里，霜鬓明朝又一年"，"想得故园今夜月，几人相忆在江楼"，都是想象对方的情况，想对方可能现在正在想自己，其实写的还是自己的思念。

浦起龙说："心已驰神到彼，诗从对面飞来。"（《读杜心解》）是因为自己的心飞到了对方那里，才想着说对方也许在思念自己。

但有时候两个人却的确有可能同在月光下思念着彼此，像白居易写的："谁料江边怀我夜，正当池畔望君时。"（《江楼月》）

"遥怜小儿女，未解忆长安。"吴瞻泰说："怀远诗说我忆彼，意只一层；即说彼忆我，意亦只两层。唯说我遥揣彼忆我，意便三层，又遥揣彼不知忆我，则层折无限矣。"（《杜诗提要》）我想你，还不够感人。我想你可能正在想我，也还不够。杜甫写的是什么？杜甫写的是，我的那些孩子，他们还太小了，还不知道什么是思念。他们不仅不知道想我，他们也不懂得妻子现在想我的心情。

我们读到这两句，站在我们面前的不是什么诗圣，也不是什么伟大的诗人，站在我们面前的只是一个好丈夫，和一个好父亲。

"香雾云鬟湿，清辉玉臂寒。"雾本来不是香的，香的是站在庭院里的妻子，可是因为站立的时间太久了，周围的空气也变香了。因为站的时间太久了，雾把头发都打湿了。我们讲过"玉阶生白露，夜久侵罗袜"，和这里的"香雾云鬟湿"一样，都是讲时间的长度。

"何时倚虚幌，双照泪痕干。"我们什么时候能够相见呢？什么时候能够倚着帏帘，一起看着天上的月亮呢？

我们再来读罗邺的这首《秋怨》：

> 梦断南窗啼晓乌，新霜昨夜下庭梧。
> 不知帘外如珪月，还照边城到晓无。

这首诗写了一个在家里等着丈夫回来的女子。"梦断南窗啼晓乌，新霜昨夜下庭梧。"外面的乌鸦把她吵醒了。她在梦里梦到什么，诗人没有讲。但是我们根据全诗，大概不难想象。我们前面讲过好多个女子的梦。"打起黄莺儿，莫教枝上啼。啼时惊妾梦，不得到辽西。""提笼忘采叶，昨夜梦渔阳。"这里的梦应该也和丈夫有关。但是很可惜，梦做了一半就醒了。

"不知帘外如珪月，还照边城到晓无。"她说，不知道外面的月光是不是也在照耀着远方的你呢？而当你抬起头来看到月光的时候，你要知道那不只是月光在照耀着你，月光里有我的思念，和关切。

没有别的联系手段，只能"我寄愁心与明月"，把心里的想法寄托在月光里。

其实很多时候，月光就像是一座桥，架在浩瀚的夜空中。在桥的一端，是牵挂着远方的人。

9 落花与秋风

我们上一讲谈到了一天之中比较容易悲伤的时刻，谈到了黄昏与月光这两种意象。如果把这个时段放大到一年中，我们会发现一年之中容易让诗人惆怅的季节是春天和秋天。在中国的古典诗词中，如果做一个数量统计的话，写春天和秋天的诗歌数量要远远大于写冬天和夏天的诗歌。

·二手写作·

为什么诗人会伤春悲秋呢？

其实这个道理很简单。我们先从悲秋讲起。在一天中，黄昏是白天和夜晚交界的时刻。如果把这个时段放大到一年当中，和黄昏处在相同位置上的季节是什么呢？是秋天。黄昏之于一天恰恰就像秋天之于一年。当诗人们进入秋天，秋风萧瑟，北雁南归，无边落木，很容易会产生哀伤的情绪。

最早的悲秋的诗歌是宋玉的《九辩》，他说："悲哉，秋之为气也。萧瑟兮草木摇落而变衰。"

当然，不是说到了秋天就一定会悲伤，就像黄昏日落也不一定让人哀愁。刘禹锡就说："自古逢秋悲寂寥，我言秋日胜春朝。晴空一鹤排云上，便引诗情到碧霄。"（《秋词二首·其一》）这和诗人所处的环境有关，也和不同诗人的个性气质有关。但悲秋毕竟比较普遍。其实并不是因为秋天这个季节本身使你哀伤，而是因为你心里原本就有情绪，只不过秋天把这些情绪一下子唤醒了，把它们放大了好几倍。

是因为你远在他乡，所以秋风一起，你可能会思乡，你可能会像张翰一样想起家乡的鲈鱼脍、莼菜羹；是因为你仕途不顺，所以当枯叶落下，你可能会觉得自己前途渺茫，注定平凡一生。这些情绪本来被你小心翼翼地藏在心里，可是当秋风、秋雨、秋蝉、秋叶忽然降临在你的生命中，那些情绪就全部被唤醒了。

所以悲秋的"悲"，在不同的情境里是不一样的。比较常见的悲，是诗人把自己的生命体验投射到自然的物上面，他看到落叶很容易想到自己有一天也会像落叶一样枯萎，于是产生一种生命衰颓的悲哀。

春天呢，草长莺飞，其实是万物生长、充满希望的季节。为什么也会哀伤呢？陆机在《文赋》里面讲："悲落叶于劲秋，喜柔条于芳春。""悲落叶于劲秋"我们好理解，但不是"喜柔条于芳春"吗？怎么还会伤春呢？其实伤春往往是在暮春，在晚春，有落花的时候。如果你理解了落叶会带来悲伤，你也可以理解落花带来的悲伤。上一讲我们讲过刘方平的《春怨》，"寂寞空庭春欲晚，梨花满地不开门"，落花这个意象会让人想到自己逝去的年华和青春。

慢慢地，在中国古典文学里就形成了所谓"伤春悲秋"的传统，而且诗词中的这类形象往往比较固定。悲秋的大多是男性，伤春的大多是女性。

读中国古典诗词，我们会发现其实里面重复的东西很多。直观的重复是意象的重复，残阳、斜阳、落花、枯叶、秋蝉、秋雨……好像诗人们只是把这些意象打乱顺序，重新排列组合一下，一首新的诗就产生了。重复的意象背后是什么呢？是重复的情绪。怀古、闺怨、思乡、不遇……没有新的情绪从里面产生。慢慢地，到最后，诗歌的创作成了一种情绪的模仿，诗人们陷入了一种写作的惯性，而他们呈现出来的，往往是一些二手的经验。

很多伤春悲秋的诗，其实是模仿来的作品。这一类诗的重复性很高。虽然这种写作上的模仿可能并不是有意的，甚至很多时候诗人自己都并不认为是在模仿一种情绪。张爱玲写过一篇文章叫《童言无忌》，她里面提出了一个说法叫"生活的戏剧化"，她说：

> 像我们这样生长在都市文化中的人，总是先看见海的图画，后看见海；先读到爱情小说，后知道爱；我们对于生活的体验往往是第二轮的，借助于人为的戏剧，因此在生活与生活的戏剧化之间很难划界。

她讲得很深刻，她说我们的人生很多时候是一种模仿来的人生。古代很多诗人也是这样，活在二手的经验里。所以真正杰出的诗人并不多，大部分都是平庸的。他们模仿着模仿着，慢慢就失去了自己。传统的力量是很强大的。一个人很容易陷在里面，很容易丢失自己。一个作家最重要的，其实是找到自己的声音。

辛弃疾写过一首《丑奴儿·书博山道中壁》，他说："少年不识愁滋味，爱上层楼。爱上层楼，为赋新词强说愁。"这其实就是一种模仿。自己年纪轻，没有"愁"的切身体验，于是模仿从前的诗人，登上高楼以后，"为赋新词强说愁"。他的这种写作行为就是一种复制。

艺术原本应该是对生活的模仿,但是很多人的生活其实是在模仿艺术,过成了二手人生。很多诗人的写作,也成了一种二手写作。

·悲伤的迷宫·

唐代的诗人里,我最喜欢的有三个人:杜甫、李商隐和李白。排在我心里第一位的是杜甫,第二位是李商隐。我对李白是有距离的。他是谪仙嘛,好像离我们普通人的生活远一点。李商隐的话,你会发现他对于生命的体验是那种彻底的绝望,是那种大悲哀,大绝望。这首《暮秋独游曲江》就是很典型的李商隐式写法:

荷叶生时春恨生,荷叶枯时秋恨成。
深知身在情长在,怅望江头江水声。

"荷叶生时春恨生,荷叶枯时秋恨成。"开花的时候他春恨生,落叶的时候他秋恨成,那一个人什么时候会快乐呢?在李商隐眼里,生命就是这样,悲伤是不断循环的,快乐可能是偶然的。

"深知身在情长在,怅望江头江水声。"对于荷叶生而产生的春恨,和它落下之后感到的秋恨,这种情,只要他活着,就会一直伴随着他。程梦星说:"'身在情长在'一语,最为凄婉,盖谓此身一日不死,则此情一日不断也。"(《重订李义山诗集笺注》)

就像我们第一讲读过的《锦瑟》:"此情可待成追忆,只是当时已惘然。"普通人往往是在回忆的时候才觉得失落,迷惘,但李商隐说我是早在这之前就已经惘然了。在这个世界上,李商隐好像无处可逃。大部分诗人是在荷叶枯、落花、落叶的时候感到悲哀,可是李商隐"荷叶生时"他就"春恨生"了。

我们会发现,在这首诗里,很多重复的音节在不断地回荡。这是我们在阅读这首诗的时候会获得的体验。我们读这首诗,好像走在一个悲伤的迷宫里。在迷宫里走来走去,要寻找到一个解脱,要寻找到一个答案,可是没有。

悲伤是无处不在的。

"荷叶生",本来是一个有生机、有希望的状态。本来在春天,万物要开始生长了。可是在这个时候李商隐已经预感到有一天荷叶会枯萎。我们之前讲过李商隐写的《春风》:"我意殊春意,先春已断肠。"为什么他在春天到来之前就已经肝肠寸断了呢?因为他知道花有一天会落下,所以他甚至会害怕看到花开。这是一个敏感的诗人会有的心理。

我们上一讲谈月亮的时候,提到过李商隐的这首《月》:"初生欲缺虚惆怅,未必圆时即有情。"月缺的时候,一个人看到月亮残缺了,对应到自己的人生经验,会感到惆怅。他大概会期待有一天月亮会圆,似乎月圆了就意味着生活也是圆满的状态。可是李商隐说"未必圆时即有情",月圆了又怎么样呢?屈复评价这首诗说:"月缺而人愁,月圆而人未必不愁也。"(《玉谿生诗意》)在李商隐眼里,人生大概从来没有一刻会是圆满的状态。

李商隐在悲伤的迷宫里走啊走啊，可是永远走不出去。对李商隐来说，他到最后都是"身在情长在"。也许有一天终于解脱了，终于获得答案了。他的情终于离开他而去了，它终于像一个巨大的包袱一样被李商隐甩下了。可是那一刻所有的一切也都结束了。

"怅望江头江水声。"江水是永不停息的。江水是什么？江水就是时间。"子在川上曰：'逝者如斯夫。'"时间的河流在不断地向前。而李商隐只能站在一旁看着它，看着它有一天将自己也一同带走。李煜说："自是人生长恨水长东。"（《相见欢·林花谢了春红》）水是长东的，而人生也是长恨的，充满着遗憾。我觉得李商隐、李煜，包括曹雪芹，他们是气质相同的作家，他们心里那种悲哀和绝望是彻底的。

·美与缺憾并存·

我们再来看一首李商隐的《花下醉》：

寻芳不觉醉流霞，倚树沉眠日已斜。
客散酒醒深夜后，更持红烛赏残花。

"寻芳不觉醉流霞"，流霞是酒的名字。李商隐可能在赏花的时候喝了一点酒，结果就醉倒了。当然了，流霞这两个字本身具有丰富的暗示性。它可以是一种酒，也可以让我们想到天边绚烂的晚霞。这一句虽然写的是喝醉酒，但也给了读诗的人想象的空间：诗人在醉倒之前，曾被花的气氛所感染，沉醉在落日下的花丛里。

"倚树沉眠日已斜"，夕阳慢慢落下去，日光照在树上，照在睡着的李商隐身上。

"客散酒醒深夜后，更持红烛赏残花。"你会发现在前两句里面他刻意不谈，在第三句的时候，他让你意识到他之前其实是在人群中，周围有"客"。我甚至觉得他可能是通过"倚树沉眠"这样一种行为来回避和众多的人一起赏花。他可能只是在等，等到人都散了，自己"更持红烛赏残花"。他赏的已经不是百花齐放的盛大场景了，他赏的是最后剩下的残花。花在春天是很容易落的，晚上可能风一吹，就只剩下一点残花了。

这里面也许包含着李商隐对生命的认知。他心里对一些圆满的、盛大的东西，大概会保持着一定的距离。在花海面前，他可能会意识到一种虚幻性。盛开的花是绚烂的，但在李商隐眼里或许也是不真实的。

在他的意识里，残花大概更接近于人生的真相。凋零才是事物的本质。但是残花未必不美。所以在这样一个晚上，李商隐才会一个人拿着蜡烛去欣赏它们。

李商隐是一个彻底悲哀的人，但是他的悲哀里有审美的成分。他会意识到生命是有残缺的，生命是充满着遗憾的，可是生命也是美的。他知道"只是近黄昏"，可是他也会看到"夕阳无限好"。他知道花有一天会落下去，可是他会"更持红烛赏残花"。他知道人的生命就是这样，美与缺憾是并存的。所以这可能也是李商隐的诗呈现给我们的感觉。他的诗里面弥漫着哀伤和惆怅，但是你读他的诗会感受到美。

·平庸的惆怅·

我们来看杜甫的这首《曲江二首·其一》：

> 一片花飞减却春，风飘万点正愁人。
> 且看欲尽花经眼，莫厌伤多酒入唇。
> 江上小堂巢翡翠，苑边高冢卧麒麟。
> 细推物理须行乐，何用浮名绊此身。

"一片花飞减却春，风飘万点正愁人。"一片花落下来，诗人就已经感受到春天要离开了，何况现在大风把花全部吹落。很典型的伤春的句子，但是写得很漂亮。

"且看欲尽花经眼"，他说看看吧，看看这些从眼前飞落的花瓣。"莫厌伤多酒入唇"，他说不要紧，再喝两杯吧，不要怕喝多。这两句很颓丧，我们能看见一个失落的人面对着生命流逝那种无可奈何的状态。

"江上小堂巢翡翠，苑边高冢卧麒麟。"他写的是曲江，曲江在长安城的东南部。安史之乱之前，大唐的王公贵族包括百姓经常到那里游览。可是安史之乱之后，国家衰败了。"江上小堂巢翡翠"，翡翠就是翡翠鸟。鸟在楼上筑巢，说的是没有人，荒芜了。

"苑边高冢卧麒麟",高冢旁边本来是麒麟石像,现在倒掉了,没有人去理它。

"细推物理须行乐。"物理,就是这个世界的规律。他说我仔细地想一想,这个世界的规律是什么呢?人生变化的规律是什么呢?想完了之后,得出结论:要及时行乐。"何用浮名绊此身",何必想什么荣辱得失,那些都是身外之物,都无法长久。还是把握眼前的快乐好了。

杜甫当时做一个小官,左拾遗,是一个谏官,给皇帝提意见,但是皇帝并不采纳他的意见。所以他在这首诗里伤春,有一肚子的委屈。这首诗的精神内核其实是很平庸的,任何一个古代的诗人都会发出类似的牢骚。这个世界怎么到处都是阻碍呢?这个世界怎么到处都在跟我作对呢?但是杜甫写诗的技艺是很高的,所以这首诗仍然写得很漂亮。但也仅仅只是语言形式上的漂亮而已。

我们需要理解,杜甫也有这样的常人时刻,他也有普通人的情感,他也会有普通人的牢骚。在春天快要结束的时候,他也会落入平庸的窠臼。这并不是他精神的高点。我们不要以为诗人每时每刻都处在精神的高点,不是的,诗人在大多数时刻其实和我们是一样的。可是他们有少数的时刻超越了常人。也许仅仅是那么几个瞬间,就足以让他们伟大。

·两个杜甫·

我们再来读他的《登高》:

风急天高猿啸哀,渚清沙白鸟飞回。
无边落木萧萧下,不尽长江滚滚来。
万里悲秋常作客,百年多病独登台。
艰难苦恨繁霜鬓,潦倒新停浊酒杯。

我们前面讲过了时间,哀伤的时间,比如黄昏和夜晚,比如春天和秋天。在这里要顺便讲一下空间。古代诗人很喜欢登高,登上高山、登上高楼,这些场景经常被写进诗里。一个人到了比较高的地方,会有不同的情绪。有可能随着视野变得开阔,心情也好起来。但登高有时候也像一个放大镜,像我们前面讲过的黄昏、月夜、暮春、深秋这些时刻一样,它会放大你原有的情绪,会加剧个体的孤独感。我们以杜甫为例来说明这个问题。

《登高》不是杜甫早期的作品,杜甫在年轻的时候写的是《望岳》,他说的是:"会当凌绝顶,一览众山小。"从《望岳》到《登高》,我们可以看到一个人精神轨迹的变化,我们可以看到一个人人生轨迹的变化。他年轻的时候"会当凌绝顶,一览众山小",他说我一定要登到泰山最高点上去,我要看到这个世界在我脚下变小。这时候的杜甫豪情万丈。

其实杜甫这两句诗的背后站着另外一个人,这个人是谁呢?这个人就是孔子。

《孟子》里记载:"孔子登东山而小鲁,登泰山而小天下。"孔子登到东山,就觉得鲁国很小了,他登上泰山之后,觉得天下都很小了。我不知道孔子在什么时候说的这句话，可是我想那时候他应该有自己的理想，有他自己的抱负，那是他精神上极为充沛的时刻。

可是《说苑》和《孔子家语》记载了孔子在另外一处登高的心情。他带着他的几个学生登上农山，他说："登高望下，使人心悲。"我们会发现这个世界上有两个孔子。同时我们也会看到，这个世界上有两个不同的杜甫。山和山之间其实并没有什么不同，楼和楼之间也没什么不同，可是人的心境会发生变化：到了晚年的时候，是"花近高楼伤客心，万方多难此登临"（《登楼》），是"无边落木萧萧下，不尽长江滚滚来"（《登高》）。

钱钟书先生提炼出一个概念，叫作"农山心境"。这种心境就是用孔子登上农山这件事来命名的。孔子的心情很有代表性。古代很多诗人"登高望下"，都会感到悲伤。为什么"登高望下"会"使人心悲"呢？因为"天高地迥，觉宇宙之无穷；兴尽悲来，识盈虚之有数"（王勃《滕王阁序》）。因为登到高处的时候，你会发现"前不见古人，后不见来者"，你看到天地悠悠，不自觉地就"怆然而涕下"了。

沈德潜在评价《登幽州台歌》的时候说："余于登高时，每有今古茫茫之感，古人已先言之。"（《重订唐诗别裁集》）这种心理，这种感觉，是古今相通的。诗人登到高处的时候，他会发现，在天地之间，自己是如此渺小的一个个体，而自己终将被历史的河流吞没。时间不会为任何人而停留。他同时会发现，自己面对的山川草木，它们是永恒的，它们永远存在在那里。因此"登高望下"

而产生的"悲",往往是短暂的人生面对永恒的自然而感到的悲,是有限的个人面对无限的宇宙而感到的悲。

我们回到《登高》。先来看这一句:"万里悲秋常作客,百年多病独登台。"宋代的罗大经对这一句分析得很精彩,他在《鹤林玉露》里面提出这一句诗里有"八悲":"盖万里,地之远也。秋,时之惨凄也。作客,羁旅也。常作客,久旅也。百年,齿暮也。多病,衰疾也。台,高迥处也。独登台,无亲朋也。十四字之间含八意,而对偶又精确。"

这一联是整首诗里情感密度最大的,可是我并不喜欢这两句。这两句把情绪全都说出来了,反而产生不了那么动人的力量。

《登高》里我最喜欢的两句其实是"无边落木萧萧下,不尽长江滚滚来"。我要提一个问题,为什么是"来"呢?我可以替换成其他的字,比如说"流",为什么不是"不尽长江滚滚流"呢?我们前面讲过,江水在古代的同义词是时间,"不尽长江滚滚来",你会发现,杜甫其实是在写什么?他在写死亡,他在写死神不断地向他走近,他在写死亡对他的压迫感。而他最终无可避免地会踏入时间的河流,被抹去在世上的踪迹。他用的是"来",这个"来"是一个带着方向的动词,也带着重量,是时间的压力。

《登高》比《曲江二首·其一》要好,这里面的感慨很深,是一个人在历尽沧桑之后对生命的感慨,不是那种摆弄字句的伤春悲秋。但我想这首诗还不能够代表杜甫。这首诗里的杜甫仍然活在一个文学传统的阴影里,而他的目光也还只是放在自己身上。

·远方与我有关·

杜甫了不起的地方在于他的诗歌里有一种广度。伤春悲秋这类情感并不能涵盖杜甫。李商隐的诗歌里有一种深度，是向内的深度，是探寻生命本质的深度。杜甫和李商隐不太一样，杜甫的诗歌是一种向外的宽度和广度。为了要更好地说清楚这一点，我要讲一首可能和伤春悲秋没什么关系的诗，一首很平凡、很普通的诗。

杜甫流落到夔州的时候，他的邻居是一个寡妇。她丈夫死掉了，也没有儿子。杜甫家门前有一株枣树，这个寡妇没有吃的，她每天就去杜甫的院子里打一点枣子吃。杜甫其实很早就观察到了，但是他从来没有把这个邻居赶走。他甚至可能在寡妇来摘枣子的时候，装作看不见。后来杜甫搬家了，他的房子给他的一个亲戚住，这个亲戚姓吴。吴郎一来，他的邻居又来偷枣子，吴郎第二天就把院子围上了一圈篱笆，意思是不准来偷枣子。可能寡妇把这个事情跟杜甫讲了，杜甫就写了一首诗给他的亲戚，叫《又呈吴郎》：

堂前扑枣任西邻，无食无儿一妇人。
不为困穷宁有此？只缘恐惧转须亲。
即防远客虽多事，便插疏篱却甚真。
已诉征求贫到骨，正思戎马泪盈巾。

"堂前扑枣任西邻，无食无儿一妇人。"他说从前我在这儿住的时候，就让她扑，她一个女人，她本身已经没有什么生存的能力了，她没有丈夫，又没有儿子，她只能靠打枣子充饥，你就让她打吧。

"不为困穷宁有此？只缘恐惧转须亲。"他说如果不是穷到了一定的程度，她怎么可能天天来你家偷你这点枣子吃？她每次偷的时候内心是很恐惧的，生怕被别人看见，而你了解她这个心理了，你更要对她好一点。

"即防远客虽多事，便插疏篱却甚真。"这里他开始为他的亲戚开解了，他说你围上篱笆也许不是为了防她，可能是邻居多心了，但是你确实围上了篱笆。

所以我一直在讲，我没有别的词去形容杜甫，他就是一个好人。他一方面为他的邻居说话，一方面他又在为他的这个亲戚开脱。

"已诉征求贫到骨，正思戎马泪盈巾。"她为什么这个样子？朝廷不断地在征收，在剥削。可能她的丈夫就是在战争中失去了生命。

到最后，当想到战争的时候，他想到的也不只是他邻居一个人，他想到的是全天下还有许许多多这样的人，也在面临着同样的困境。

这首诗很普通，但是这样一首普通的诗里有一个关心着别人的杜甫。杜甫了不起的地方在于他会关心着身边的人，他会关心着他不了解的人。他心里装着一个世界。无穷的远方、无数的人们都与他有关。

所以当秋风一起的时候,很多人可能会感伤于自己客居他乡,感伤于自己年华渐老,感伤于自己功业未就。这些情绪杜甫也有过。但是这些情绪只是属于个人。当秋风一起,你会看到有一个人,他想到的是我的房子被秋风吹破了不要紧,他希望的是"安得广厦千万间,大庇天下寒士俱欢颜"(《茅屋为秋风所破歌》)。他说如果我有一天能够实现这个愿望,"吾庐独破受冻死亦足"。

杜甫是强劲的。他有着很强大的生命力。他的诗歌是一种很健康的诗歌。每一首诗歌都有自己的肉身,有的是软弱的,软答答地倒在那里,我们念起来也觉得没劲。有的诗歌体格强壮,因为它背后是一个强大的灵魂、健康的灵魂在支撑着。

孟郊写"出门即有碍,谁谓天地宽"(《赠别崔纯亮》),我们当然不能说他不对,但是他把自己限制在一个狭窄的范围里。一个人如果总是盯着自己看,他的世界就小了。李商隐是了不起的,他感受到的是一种生命本质的悲哀。但还有另外一种了不起,就是杜甫。杜甫是悲哀的,他很多时候也没有希望,但是他有温度,我们读他写的诗,后面是一颗热气腾腾的心脏在跳动。这是很多诗人没有的。很多诗人是干瘪的、软弱的、冷漠的。杜甫是热的。他不是那种让我们热血沸腾的诗人,但是他让我们在这个冰冷的世界感到温度,感受到关切的目光。

杜甫的世界里不是只有他自己。当我们的世界里不只有自己的时候,我相信我们会看到一个更广阔的天地。

10 夜雨与风雪

我们前面讲过了一些经常出现在诗里的场景，黄昏、月夜、暮春、深秋、登高……还有哪些场景经常被写进诗里呢？我想一个是下雨的时候，还有一个就是落雪的时候。雨雪落下来，有时候让人心情低落，有时候让人感到孤独，但有时候也会增添一些生活的趣味。雨和雪，本身就带着诗意。它们来到人间，好像是自然对人类的馈赠。

·想象一个温暖的夜晚·

我们先来读李商隐的这首《夜雨寄北》：

> 君问归期未有期，巴山夜雨涨秋池。
> 何当共剪西窗烛，却话巴山夜雨时。

这首诗到底是写给他妻子的，还是写给朋友的，学界有很多争论，我们不做过深的探讨了。我只想说，作为一个普通的读者，单纯从这首诗的语气来看，我觉得应该是李商隐写给妻子的。

"君问归期未有期"，一开始抛进来的就是一个问题，可是这个问题诗人不知道怎么回答。对于一个在外面漂泊的人来讲，他不知道自己什么时候可以回去。他感受到的是背后的命运抓着他的那种无力感。他确定不了自己的行程，确定不了归期。"何处是归程？长亭更短亭。"当我们离开家，独自一人上路之后，慢慢就会发现，自己就像一只在水面上漂浮的小船。可是这个船到底要往哪里去，我们其实并不清楚。

"巴山夜雨涨秋池"，一个人的晚上，只能听雨滴一点点地落下，听着外面的雨一点一点地涨起来。可是他写的不是雨本身，他写的是情绪一点一点地涨起来。他的失落一点一点涨起来，他的惆怅一点一点涨起来，就像外面下着的雨一样。在这一句里，我们发现时间的流速变慢了。

"何当共剪西窗烛，却话巴山夜雨时。"以前的蜡烛烧的时间长了之后，会结灯花，为了让它更亮一点，需要拿剪刀把灯花剪掉。什么时候两个人能坐在烛光下面说说话呢？回过头去说说当初我一个人在异乡听雨的那个晚上。我们讲过杜甫的《月夜》，你会发现《夜雨寄北》的最后两句和杜甫的《月夜》很像："何时倚虚幌，双照泪痕干。"其实只是一种想象，一种对未来的期待。徐德泓说："翻从他日而话今宵，则此羁情不写而自深矣。"（《李义山诗疏》）

我们会发现，中国古典诗词里的时间，很多时候并不是客观的物理时间。"燕子楼中霜月夜，秋来只为一人长。"（白居易《燕子楼三首·其一》）"似将海水添宫漏，共滴长门一夜长。"（李益《宫怨》）这些都是各人心理上的不同感受。

《夜雨寄北》写的也是心理时间，但是更复杂一些。杨逢春说："首是寄诗缘起，一句内含问答。二写寄诗时景，时、地俱显，三四于寄诗之夜，预写归后叙此夜之情，是加一倍写法。"（《唐诗绎》）何焯用李商隐自己的诗来评价这首诗的结构，说这首诗是"水精如意玉连环"，说得很准确。

在最后一句，李商隐做了一组非常精巧的蒙太奇。"何当共剪西窗烛，却话巴山夜雨时。"他提前预支了一个开心的、温暖的、没有悲伤的时刻：我们回过头来想曾经那段记忆的时候，我们是带着微笑的。

也许这样一想，这个雨夜就会过得快一点吧。

李商隐并不经常这么做。我们在李商隐的诗歌里读到的，更多的是他对悲伤的敏感，对怅惘的预先体验。"此情可待成追忆，只是当时已惘然"，"我意殊春意，先春已断肠"，"荷叶生时春恨生，荷叶枯时秋恨成"，"初生欲缺虚惆怅，未必圆时即有情"……他会想到未来，但是他的未来通常是冰冷的、哀伤的、绝望的。

在《夜雨寄北》里，我们看见一个内心柔软的李商隐。我们看到一个孤独的人在异乡的灯下听雨，看到一个惯于感受悲伤的人对于温馨的向往。尽管我相信，在李商隐内心深处，他仍然是悲伤的，但是在这首诗的最后，他把悲伤隐藏得很好，他暂时相信了自己想象出来的那个美好而温暖的场景。

·回不去的梦·

我们再来读几首和雪有关的诗。还是先看一首李商隐的诗吧，《悼伤后赴东蜀辟至散关遇雪》：

剑外从军远，无家与寄衣。
散关三尺雪，回梦旧鸳机。

李商隐的妻子去世以后，当时的西川节度使柳仲郢征辟李商隐到他的幕府。李商隐从长安到四川的途中，路过散关（今天陕西省宝鸡市附近），遇到了一场大雪，没有办法继续往前走了。他晚上做了一场梦，梦醒之后，写了这首诗。

"剑外从军远"，从长安一直到剑门关外，距离很远。

"无家与寄衣"，他本来是有家的，本来是有人给他做衣服的。但是他的妻子去世之后，他成了一个没有家的人。

"散关三尺雪，回梦旧鸳机。"鸳机就是织机。他在梦里看到他的妻子还在织机上给他做衣服，可是他醒来之后发现什么都没有。

一个人出门在外，天寒地冻，这是一种孤独。在这种情况下，做一个和家有关的梦，梦醒之后，孤独会倍增。但如果家还在，虽然梦醒之后思念会更深，但毕竟还可以有期待，期待有一天会团圆、重逢。

我们之前讲过陈陶的《陇西行四首·其二》："誓扫匈奴不顾身，五千貂锦丧胡尘。可怜无定河边骨，犹是春闺梦里人。"对于那个女孩子来讲，她是幸福的，因为她不知道真相。她醒来之后，还以为她的丈夫马上就要回来。虽然我们作为读者知道她的丈夫已经化成一堆白骨了，可是对她来讲，她醒来之后，虽然会失落，知道刚才只是一场梦，但心里毕竟还会有一种期待。

但是对李商隐来说，他的孤独是在我们前面讲过的情况下翻倍的孤独，他的悲伤比《陇西行四首·其二》里的女子更深一层。他在梦里面梦到了他的妻子还在给他做衣服，可是等他醒了，他知道这些梦里的场景不会在现实中出现了,他知道自己的家已经没有了。

我们会发现,雪在文学中出现的时候,一方面是客观的雪,往往也可以喻示着冰冷的现实世界,可以是人情绪上的寒凉,也会加剧人的孤独。

《水浒传》里,林教头风雪山神庙,一定要是一个风雪大作的晚上才可以。林冲一个人打了酒,回来一看,草厅已经塌掉了,于是自己拽了一条破被到山神庙去。外面风太大,他搬了一块大石头把门挡住。庙里面很冷,但他喝的也不是热酒,而是冷酒。风雪夜,喝着冷酒,他感受到这个世界也是冷的,世界对他来讲是凉的。自己本来是八十万禁军教头,但现在却沦落到这个地步。

你会发现,好像不冷,不是有大火吗?外面有三个人正准备害他。差拨、富安,还有他的好朋友陆虞候,谋划着要把他烧死。可是外面的熊熊大火只会让这个世界变得更冷,为什么?因为火烧起来了,但是那不只是客观的火,那也是权势的火焰在外面烧。有权势的人可以把普通人的生命玩弄于股掌之中。

林冲听到他们在密谋,出去就把这三个人杀掉了。

在一个风雪大作的夜晚,他一个人挑着花枪,挑着酒葫芦,孤独地走在人间。

如果是一个月明风清的晚上,就不对了。如果是一个下着雨的晚上,也不对。一定要是风雪夜。为什么?因为他的心已经凉透了,他对这个世界已经彻底绝望了。外面的环境要和他的心境配合起来。"大雪飘,扑人面,朔风阵阵透骨寒,彤云低锁山河暗,

疏林冷落尽凋残。"(《野猪林》)

"剑外从军远"、"无家与寄衣"、"散关三尺雪",这里的雪是实景,是客观的情况,是落在地上的雪,并不是李商隐的有意虚构。但这里的雪也和人的情绪有关,这里的雪也是下在心里的雪,加剧了他的孤独感。"回梦旧鸳机",他的梦是温暖的,梦里妻子还在,梦里一切如常。

这首诗是由冷写到了暖。但梦总是会醒的。最后停在梦这里,看起来是暖的,但是我们读起来觉得更冷。

姚培谦说这首诗"悲在一'旧'字"(《李义山诗集笺注》)。过去的一切也像一场梦一样,再也回不去了。

·在人间投宿·

我们再来读刘长卿的《逢雪宿芙蓉山主人》:

> 日暮苍山远,天寒白屋贫。
> 柴门闻犬吠,风雪夜归人。

这是一个赶路的人,晚上投宿在芙蓉山的主人家里。

"日暮苍山远",一个"远"让整个画面显得寂寥、空旷。再加上此刻是黄昏,王尧衢说:"行路之际,暮景可悲。"(《唐诗合解笺注》)我们看见一个孤独的旅人在落日的余晖里匆匆地走在人间。

"天寒白屋贫",终于找到一户人家,可是这是一户贫寒的人家。屋顶是茅草做的,家里可能什么摆设也没有。

但有这样一个地方可以借宿一晚,能在这里暂时获得一点温暖,已经让人很满足了。

"柴门闻犬吠",诗人可能已经睡下了,忽然听到外面有狗在叫,因为主人回来了,"风雪夜归人"。这两句写得真好,黄叔灿说:"犬吠归人,若惊若喜,景色入妙。"(《唐诗笺注》)我们看到这首诗前两句写得很安静,到了后面两句,整个画面动起来了,有温度了,也有颜色了。由静到动,由冷到暖,由无人到有人。

对这间屋子的主人来说,他是幸福的,尽管他并不富有。但是当他在这样一个风雪交加的晚上回到家里,看着家里的狗跑到他的身边叫个不停,心里应该是温暖的。

和这个"风雪夜归人"形成对照的是诗人自己。诗人作为客旅看着这一切。他可能会和主人攀谈,他会感受到这个屋子一下子充满生机,可能大家会燃起火来,或者热一杯酒,驱散天气带来的寒冷。可是他的孤独感更深了。尽管他找到了一个投宿的地方,找到了一个暂时的栖身之所,但这几声柴门前的犬吠唤起了他内心深处的漂泊感——他并不属于这里。

之后发生了什么诗人在这里没有交代。

但是想必雪仍然在下,屋外月光皎洁。

·一张便条·

白居易有一首小诗,《问刘十九》。这首诗很简单,但是我特别喜欢：

> 绿蚁新醅酒，红泥小火炉。
> 晚来天欲雪，能饮一杯无？

"绿蚁新醅酒"，古代酿造的新酒没有过滤之前，表面上会有一些绿色泡沫，这些绿色泡沫就是绿蚁。"红泥小火炉"，红配绿，颜色很鲜明。在马上要下雪的阴暗天气里，这是让人觉得很感动的颜色。这就是生活的颜色。外面的天是阴的，但生活里有"绿蚁新醅酒"，生活里有"红泥小火炉"。

除了颜色，这首诗里还有一冷一热两种不同的温度。外面天凉了，可是诗人在家里有用来暖酒的小火炉。

所有这些都有了，"新醅酒"有了，"小火炉"也有了，可是缺一个人。在这样的天气里，最好有人能坐在对面。不需要高谈阔论，两个人只是闲聊就可以。

"晚来天欲雪，能饮一杯无？"雪将下未下，这个时候是最盼望朋友来的。一个人在这样的雪天，难免会觉得有些孤独。陶渊明说："安得促席，说彼平生。"（《停云》）什么时候能两个人把席子再靠近一点，聊一聊最近发生的事情呢？陶渊明还有一首《移居》："昔欲居南村，非为卜其宅。闻多素心人，乐与数晨夕。""素心人"这三个字最好。在这样干净的雪天，如果有一个心地纯粹的朋友，和你聊一些无关紧要的事情，生活还有什么不满足呢？

我们会发现，这首诗其实是一张写给朋友的便条。虽然刘十九因为这首诗而留名千古,但我们并不知道他是谁。白居易会不会得到回应,我们也并不知道,没有任何的史料记载。可是我们会记得有一个雪天,白居易给刘十九写了一张小小的便条,问他,能不能来我这里坐一坐,我们一起喝一杯?

这张小小的便条表达了一种期待,这个期待是美好的。不在于说这个期待实现了与否。我们在生活里还可以期待着什么,那我们的人生就是幸福的。

我们来看一首美国诗人威廉·卡洛斯·威廉斯(William Carlos Williams)的诗,这首诗就叫《便条》:

我吃了

放在

冰箱里的

梅子

它们

大概是你

留着

早餐吃的

请原谅

它们太可口了

那么甜

又那么凉

这也是诗吗？当然，这是诗。但是如果我们把分行取消，它就变成了一段话："我吃了放在冰箱里的梅子，它们大概是你留着早餐吃的，请原谅，它们太可口了，那么甜又那么凉。"这是诗吗？这好像不是了。

为什么分行之后它会变成一首诗呢？大概是因为陌生化的效果吧。诗人把熟悉的事物变得陌生了，他把日常的便条变得让我们不认识了。

文学的功能是什么呢？文学其中一个很重要的功能，就是让我们意识到自己对生活没有那么了解，让我们感受到这个世界对自己而言其实是陌生的。

文学让我们重新打量这个世界，唤回我们的感受。我们对很多事物太习以为常了，很多诗是用陌生化的效果来唤醒我们日常已经麻木的神经。

当然了，这首诗是有意营造了这样一种形式，它是对日常生活的变形，借此让我们获得一种陌生感。

白居易的《问刘十九》也是一张便条，那么这两者的区别在哪里呢？

《便条》是诗意的生活，诗人用陌生的形式来创造诗意，把日常的生活变得有诗意。但是《问刘十九》其实是生活的诗意，这首诗首先是一张具有实用功能的便条，然后才是一首诗。它是要告知对方一个信息，是对朋友的一次邀请，并且期待着对方的答复。它其实就是生活本身。

但是《问刘十九》最终超越了生活。它比生活高了那么一点。

其实古代的很多文学作品，作者一开始都未必有着很明确的文学的目的，觉得我是要写一篇散文，要作一首诗。有时候一则日记、一封书信、一篇短札，我们今天读起来会觉得是很好的文学。甚至一部地理著作、一部科学著作，都可能同时是很好的文学作品。

文学性、诗意，常常是从生活本身生发出来的。

·可以随时停止的写作·

前面几首诗里的雪都是作为背景出现的，我们再来读一首单纯写雪的诗，祖咏的《望终南馀雪》：

> 终南阴岭秀，积雪浮云端。
> 林表明霁色，城中增暮寒。

日暮天晚，诗人从长安看向终南山。终南山在长安的南面，所以他看到的是山的北面。山顶还有一点雪没有融化。傍晚的日光照在树叶上，他在长安城中已经感受到了雪的冷。

这当然是一首好诗，可是我要讲的是什么呢？是诗人的写作行为。唐代科举里，很重要的一门就是要考作诗。这是一首考场佳作，但是不够规范。为什么不够规范？考场的要求是要写够十二句，但是祖咏只写了四句就交卷了。主考官问他，你怎么才写了四句就交卷了呢？他回答两个字："意尽。"意思是我想说的说完了，没什么好写的了。

他的这个行为让我想起了另外一个和雪有关的故事。这个故事记载在《世说新语》里：

> 王子猷居山阴，夜大雪，眠觉，开室，命酌酒。四望皎然，因起仿偟，咏左思招隐诗。忽忆戴安道，时戴在剡，即便夜乘小船就之。经宿方至，造门不前而返。人问其故，王曰："吾本乘兴而行，兴尽而返，何必见戴？"

王子猷就是王徽之，王羲之的第五个儿子。晚上下大雪，他醒了，让他的小童倒酒喝，一边走一边背《招隐》诗。他忽然想到了他的朋友戴安道，戴安道就是戴逵。他于是让小童准备船，他要连夜赶到戴逵的家里去拜访他。虽然说两地相隔不远，但是也要坐一晚上的船才能到。等到了戴逵家门口，王子猷不进去，转过身要回去了。别人问他为什么，他说自己"乘兴而行，兴尽而返"，至于见不见戴逵，已经无关紧要了。

祖咏和王徽之的行为，本身就带有诗意，很潇洒，是我们普通人做不到的。

《世说新语》是一本很有意思的书。它好就好在它让我们知道生活原来还有这样一种可能。虽然里面很多行为都像是一种行为艺术，有表演的性质。

·雪落满渔船·

我们最后来读柳宗元的《江雪》:

> 千山鸟飞绝,万径人踪灭。
> 孤舟蓑笠翁,独钓寒江雪。

如果从数学的角度来考察这首诗,我们可能会更加清晰地理解。

"千山鸟飞绝,万径人踪灭。"这是一个数字上的变化。千和万好理解,当然,这里是比较夸张的写法了。什么是绝和灭呢?绝和灭就是零。这里诗人从有写到了无,从千和万写到了零。他从一个很大的数字写起,但是一点一点全部给抹掉了。

最后是空,是无,是白茫茫大地真干净。

由千万到了零之后,又发生了一个数字上的变化。

"孤舟蓑笠翁,独钓寒江雪。"由零变到了一。

由千万到零,是诗人抹掉这个世界痕迹的过程,他建立了一个新的世界,一个安静的、空无的世界,一个没有世俗痕迹的世界。俗世对他而言是一个被抛弃的存在。

然后从零到一,诗人要凸显的是这个"一",他要凸显的是渔翁这个生命主体的价值。

这是柳宗元被贬永州时候写的一首诗。这首诗其实不是实写,而是一个孤独者的自我心灵造像,他写的是一个心灵的象,一个心灵世界。

为什么要"独钓寒江雪"?冬天哪里会有鱼呢?"夜静水寒鱼不食",水冷的时候鱼不上钩的,渔翁在江上是钓不到鱼的。更何况他不是在钓鱼,而是在钓雪。雪更不会上钩了。这是一次不会有任何结果的垂钓。

按照世俗的眼光来看,按照世俗的价值系统来评价的话,这是一个无意义的行为,他在做一件不可能完成的事情,也是一件不会有任何收获的事情。

但是"独钓寒江雪"的意义就在这里。你在做一件别人不理解,同时也是不被这个世界认可和接纳的事情。但是,这又怎么样呢?

我可以把俗世排除在我的心灵之外。我可以不主动去寻求他者的认可。属于我自己的这个世界是孤独的,但是我在这个孤独的世界里获得了满足。

这首诗凸显了一个个体的姿态。它是由千万到零,再到一的变化过程。重要的是那个一,是你自己。你可以站在这个世俗世界的对面。

张岱的《陶庵梦忆》里有一篇《湖心亭看雪》,大雪天,大家都在家里面,他自己跑出来看雪,结果遇到"更有痴似相公者",遇到一个和他一样"痴"的人。痴是什么?痴就是沉迷于自己的世界,沉迷于自己那个干净的、不被打扰的、孤独的世界。这其实是很幸福的事情。

柳宗元的《江雪》写了一个渔翁,韩偓的《醉著》也写了一个渔翁，我们来读一下：

> 万里清江万里天，一村桑柘一村烟。
> 渔翁醉著无人唤，过午醒来雪满船。

我们可以想象这样一个画面：一个喝醉了的渔翁在船上睡觉，下雪了也没有人叫醒他。醒来之后，他发现雪落满渔船，落了自己一身。

这个画面本身就很有诗意，不是吗？

这个渔翁在生活之中，但同时他又超越了他所在的生活。

他在世界之内，但同时，他又在这个世界之外。

11 叩问与回响

我们前面讲过了自然的变化对人的触动。黄昏的时候容易心生惆怅，月夜里会感到更加孤独。花落下去就觉得青春不再，秋风一起余生好像更短了。自然里的许多物象被写进诗里，经过诗人心灵的改造，成了在时间里永恒的标本。

但我想自然对诗歌的意义、对人的意义远不止这么简单。自然不仅仅会触动人的喜怒哀乐，也不仅仅是作为书写的对象被刻进诗里。自然其实永远在那里，它沉默着，但也接纳着，启示着。

·徒劳无功的寻访·

我们先来看贾岛的《寻隐者不遇》：

> 松下问童子，言师采药去。
> 只在此山中，云深不知处。

诗人来找隐居在山里的隐者，但是没找到，只遇到一个童子。我们可以想象一下他们对话的场景。

来人问："你师父呢？"
童子说："采药去了。"
来人接着问："去哪里采药了呢？"
童子回答："就在这座山里。"
来人又问："他什么时候回来呀？不如你去找找他吧。"

童子说:"山里云深,我也不知道他在哪儿。"

对话就结束在这里了。其实是一首很简单的诗,但是里面又有很多层次,有很多情绪上的变化。徐增说:"此诗一遇,一不遇,可遇而终不遇,作多少层折。"(《而庵说唐诗》)

本来"言师采药去"是不遇,失望了,落空了。但是"只在此山中",又好像可以遇了,心里升起一点希望。结果"云深不知处",最后终究还是"寻隐者不遇"。

唐诗里这种"不遇"类型的诗很多。我举几个例子,比如李白的《访戴天道士不遇》:

犬吠水声中,桃花带露浓。
树深时见鹿,溪午不闻钟。
野竹分青霭,飞泉挂碧峰。
无人知所去,愁倚两三松。

再比如,韦应物的《寄全椒山中道士》:

今朝郡斋冷,忽念山中客。
涧底束荆薪,归来煮白石。
欲持一瓢酒,远慰风雨夕。
落叶满空山,何处寻行迹。

还有李商隐的《北青萝》：

> 残阳西入崦，茅屋访孤僧。
> 落叶人何在，寒云路几层。
> 独敲初夜磬，闲倚一枝藤。
> 世界微尘里，吾宁爱与憎。

李白、韦应物、李商隐都没有遇。其实要是"遇"了，反而写不了诗了。两个人一见面，把该说的话都说了，空间就"满"了。有缺席的人，诗意往往就会在这次缺席里产生。诗人和他者之间产生了距离，这段距离就是诗意发生的空间。

我们在第一讲里讲过物是人非的体验。"人面只今何处去"，"同来望月人何处"，要是又遇到了，团圆了，皆大欢喜了，就没有诗了，就完全成了世俗生活本身。

白居易写《问刘十九》："晚来天欲雪，能饮一杯无？"好就好在诗的最后没有答案。我们不管现实的情况是怎么样，至少在诗歌内部，我们最后停在一个问号那里，停在一个期待那里。诗意就产生于这个期待，产生于未知。

陶渊明写《停云》，"安得促席，说彼平生"，对方来了，期待得到满足，就没有诗了。

诗意往往产生于那个"空缺"的部分。诗人会有一种想象，而读者在读诗的过程中也会加入自己的想象。

另外，"不遇"这个结果其实带有很强的哲学意味。当然了，

"寻"的对象可能是诗人的朋友，但是我们也会发现，这个朋友往往还有另外的身份，道士，和尚，或者是隐士，总之就是远离世俗的人。去"寻"他们，就不只是要聊聊家长里短，聊聊生活琐事那么简单。

这里面其实还有一种渴望，一种暂时从俗世抽身的渴望，一种安顿自身的渴望，一种获得某些答案的渴望。

但结果是"不遇"，寻访好像是徒劳无功的。

·天诚实地蓝着·

我们回过头来看贾岛的《寻隐者不遇》。我会有很多过度阐释的地方。但是我还是要讲，"作者之用心未必然，而读者之用心何必不然"（谭献〈复堂词录〉序》）。

"松下问童子"，"问"是人生的常态。我们总是不断地在问，渴望得到一个答案。但是你会发现，很多时候当我们带着一些问题去问的时候，是得不到回答的。或者说，即便得到了，那个答案好像也未必能解开我们心里的困惑。

诗人来寻找的是那个隐士，也许他是带着自己的困惑和焦虑来的，他也希望在这里找到一些答案。他带着这个目的来了，结果发现隐者不在。他没有想到遇见了眼前的童子，是一个童子在回应他。

可是这个童子的存在未必不是一种答案，童子的回应未必对来访者毫无帮助。

很多时候，小孩子往往会在无意中透露一些生命的紧要信息。孩子是天真的，正是因为天真，没有机心，所以能窥破生命中的很多秘密。

小孩子随便讲一句什么话，可能都像诗一样。他们的语言是稚拙的，但也是干净的，是未经打磨的那种粗粝，但也带着很强烈的生命气息。

其实我们每个人都曾经有过那么一段时间是诗人。可是慢慢地，随着我们年龄越来越大，也许从前那些诗的灵光就从生命里消失了。

我们为什么要读诗呢？我们读诗其实是为了找回自己失去的那些东西，是为了"返乡"，为了回到我们精神的故乡。

诗的功能是什么呢？当我们沉溺在俗世中，马上要陷下去的时候，我们需要一句诗把自己拉上来。

在这首诗里，童子的"答"，也许解决不了诗人心里的"问"。

我把话题稍微扯开一点。禅宗里讲顿悟，有很多关于顿悟的公案。我举一个例子。唐代有一个赵州和尚，很有名。有一天来了两个和尚向他请教佛法。赵州和尚问第一个来的，他说你之前来过这里没有？第一个和尚说来过，他说，吃茶去。第一个和尚就吃茶去了。又问第二个和尚，他说你之前来过没有？第二个和尚说没有，今天头一回来。赵州和尚说，吃茶去，第二个和尚也吃茶去了。他们院的院主感到很困惑，他说大师，第一个和尚从前来过，你让人家吃茶去。第二个和尚第一次来，你怎么还让人家吃茶去呢？赵州和尚说，你过来。院主说好。赵州和尚说，吃茶去。这个故事到这里就结束了。

这就是禅宗让人开悟的一种方式。如果我们有慧根的话,这个时候就应该懂了。如果说非要解释的话,吃茶到底是什么意思呢?吃茶大概意味着你在生活当中要获得平静,要摆脱各种各样的忧虑,你要用一个平和的心态来面对一切。可是这样解释很无聊。这样解释出来就不是禅了。如果说你问我这到底是什么意思啊,我只能告诉你,吃茶去。

在这个故事里,赵州和尚好像并没有针对来访者的困惑和疑问给出答案,吃茶和禅有什么关系呢?好像没什么关系。但是不是一个问题只能对应着一个标准答案呢?每个问题都去找一个标准答案,这种思维方式其实把我们思考的空间缩小了。吃茶未必就与禅无关。答非所问也未必不是回答。

生活里的问题和答案往往不是一对一的关系。

我们再回过头来看这首诗,诗人问了半天,到了最后什么都没得到,他甚至连提出自己心里真正问题的机会都没有。可是他真的什么都没得到吗?眼前的这个童子真的没有在无意中指示他答案吗?

"只在此山中,云深不知处。"他其实告诉你答案了。他告诉你不要去找那个隐士,他告诉你隐士那里没有对你问题的指导和回应。他告诉你什么?他说你看看那座山,你看看天,你看看云,这就是答案了。

他告诉你,天是蓝的。它每天都在很诚实地蓝着。

·光落在青苔上·

我们来看王维的这首《鹿柴》:

> 空山不见人,但闻人语响。
> 返景入深林,复照青苔上。

王维在蓝田县辋川有一处别业,周围有很多可以游览的景点,有一段时间他把好朋友裴迪叫过去,两个人在每一处景点各写了一首五言绝句,一个人写了二十首,一共四十首,最后结集成为《辋川集》。《鹿柴》就是其中的一首。

这首诗在讲什么呢?其实是在讲声音,在讲光,在讲一瞬间的印象。所以苏轼说王维诗歌的特点是"味摩诘之诗,诗中有画;观摩诘之画,画中有诗"。王维的这首《鹿柴》就好像是印象派的绘画,里面闪动着光与影。

王维很喜欢写空山,比方说"空山新雨后,天气晚来秋"(《山居秋暝》)。比方说"人闲桂花落,夜静春山空"(《鸟鸣涧》)。比方说"涧户寂无人,纷纷开且落"(《辛夷坞》)。这首《鹿柴》也是在写空山,"空山不见人,但闻人语响",虽然看不到人,但是却能听到有人在说话,这里面其实是有生机的。

诗人写一个地方安静,写一个地方空,往往不是写完全没有声音,而是通过声音来写静。"独怜幽草涧边生,上有黄鹂深树

鸣。"（韦应物《滁州西涧》）能听到鸟叫才显得这个地方幽静。"蝉噪林逾静，鸟鸣山更幽。"（王籍《入若耶溪》）

"返景入深林，复照青苔上。""返景"就是夕阳在青苔上的反光。王维捕捉了那一瞬间的反光。

王维在说什么呢？王维在说人生是变化的，光影在一瞬间就消失了，你稍不留心，它就从你的生命当中溜走了。可是他也在告诉你，你可以捕捉到那一瞬间，你可以听到那一瞬间的声音，你可以看到那一瞬间的光。

很多时候就是这样，我们不去关注的话，今天过去了，明天过去了，最后我们的生命成了一张白纸。

但是你也可以在某个时刻进入自然。

在这样一个瞬间，王维成了自然的一部分，在这样一个瞬间，自然也构成了王维的生命本身。这是一个超越性的瞬间，诗人从俗世中超越出来。

他听到远处人语的声响，他看到光落在青苔上。

·生命是一场空吗·

我们来看这首德诚和尚写的《船子和尚偈》，他在讲自己晚上钓鱼的事：

> 千尺丝纶直下垂，一波才动万波随。
> 夜静水寒鱼不食，满船空载月明归。

"千尺丝纶直下垂","丝纶"就是钓鱼的线。"一波才动万波随",中间稍微有一点动静,水上的波纹就一圈一圈荡漾开了。"夜静水寒鱼不食",钓了一晚上,没有鱼上钩。"满船空载月明归",最后回去了,回去了有什么呢?什么都没有,带了一船月光回家了。

什么叫"千尺丝纶直下垂,一波才动万波随"?他写的不是钓鱼的钓线,他写的是我们和这个世界的关系,很多时候是一种索取的关系。波是什么?波是我们心里的状态,稍微有一点动静,鱼好像要上钩了,情绪就波动了,整个荡漾开了。等了很久还没有鱼上钩的时候,我们的心思也会动。当我们想要从这个世界获得什么东西的时候,哪怕有一点点迹象,有一点点声音,我们心里都不会平静。

可是"夜寒水静鱼不食,满船空载月明归"。你说他有收获吗?没有,没有鱼,什么都没有,整个是空的,他就是在讲人生的空。

中国文学最喜欢讲的就是空、虚无、无意义。《红楼梦》讲"空"讲得最彻底。贾家一开始那么繁盛,鲜花着锦,烈火烹油。最后全败落了,"好一似食尽鸟投林,落了片白茫茫大地真干净"。《三国演义》也是,"是非成败转头空。青山依旧在,几度夕阳红"。"古今多少事,都付笑谈中"。再比方说《桃花扇》,"眼看他起高楼,眼看他宴宾客,眼看他楼塌了"。还有明代的《浣纱记》,"看满目兴亡真惨凄,笑吴是何人越是谁?"我们之前讲怀古诗的时候也讲过很多和空有关的诗,"只今惟有鹧鸪飞"、"只今惟有西江月"……世事好像一场大梦,繁华转眼成空。

"满船空载月明归",我们每个人在这个世界上转了一圈,到最后死亡把一切都清零了,你说人生有什么意义呢?人活着有什么价值呢?哪怕你打到了鱼,也可能会被吃光,最后也什么都没有了,更何况你又没有打到鱼。

可是正是因为你没有打到鱼,正是因为船里面的鱼桶是空的,你才有机会带着一船的月光回去呀。

我们在这个世界上就是这样,空空地来,最后也空空地去,没有什么东西可以带走。你说既然是这样的话,那生命不是无意义吗?可是这首诗告诉你,当我们放弃索取,当我们放弃掠夺,我们的生命仍然是有意义的,仍然是圆满的。我们可以拥有满船的月光。

黄庭坚有一句诗我很喜欢:"满船明月从此去,本是江湖寂寞人。"(《到官归志浩然二绝句》)

我们拥有了一船的月光,难道不是很富足吗?

人生的价值是什么?就是我们可以随时停下来,去看看天空,我们可以随时停下来,去看看头顶的月亮。在这样的时刻,我们可以感受到美,而感受美是不需要我们付出任何代价的。

人生的价值不是说我要去索取什么。即便钓到鱼,最后也可能会失去。可是我们可以停下来,可以按下暂停键。我们抬头看看天,天每天都在很诚实地蓝着,它没有欺骗过任何人。

·两个打鱼的故事·

我要讲另外一个和打鱼有关的故事。陶渊明的《桃花源记》

里写了一个渔夫，他没有预先规划过要去一个桃花源，可是他在无意中进入了另外一个世界，那里"芳草鲜美，落英缤纷"。那是生命的另一种境界。

但是他出来之后想到的是什么呢？他想我要把这个地方记下来，于是他"处处志之"，然后"及郡下，诣太守，说如此"。他要用桃花源去换钱，去换名换利，去换自己生存的资本。一旦想要去索取的时候，你发现他再也找不到桃花源了。

《列子》中讲了一个寓言，一个小孩和海鸥玩得很好，他一到沙滩上那些鸟就会落在他身边。有一天他父亲对他说，你不是和鸟玩得好吗，你去抓两只鸟回来吧。于是这个孩子就带着这个想法出去了。结果那些海鸥看到他，不再落到他身边了。当人一旦有了机心，鸟就不再和你亲近了。

《桃花源记》里其实讲了两条不同的路，一条是渔人之路，一条是问津者之路。第一条路是一条活路，第二条路是一条死路。当一个人不带任何的目的来欣赏这个世界的时候，他可能会进入到一个芳草鲜美、落英缤纷的境界。而一旦有了功利的目的，反而找不到路了。

陶渊明说"采菊东篱下，悠然见南山"。这两句诗本身就是桃花源的境界。陶渊明在某个不经意的时刻进入了自己生命当中的桃花源。在这样一个无意的瞬间，他欣赏到了美。

我要讲的第二个和打鱼有关的故事是海明威写的《老人与海》。圣地亚哥老人已经八十四天没有打到鱼了。他又去出海，好不容易打到一条大马林鱼，觉得终于有收获了，可是最后是空的。回来的途中老人遇到了一群鲨鱼，他不断地跟鲨鱼搏斗，虽然最后胜利了，可是剩下的是什么呢？是一个空空的鱼骨架。他晚上回去做了一个梦，在梦里面他梦见了狮子。

我们大概可以看到一点西方现代文学和中国古典文学的不同。海明威在《老人与海》里强调的是什么？人生可能到最后是一场空，但是在这个过程中，你可以被消灭，却不可以被打败。你可以通过不断地战斗来确证自己的价值，来确证自己的存在，来确证人的尊严。

可是我们回到中国的古诗里，"满船空载月明归"，我们其实不需要去证明什么，不需要在自然面前表现人是多么地有力量，我们可以只是静静地坐在那里，看一看天上的月光。月光是美的。这就够了。

·自然的回答·

我们这一讲的题目是——叩问与回响。我们人生中会有很多的问题，可是当我们带着这些问题走向自然的时候，自然不会给我们明确的解答，自然永远是沉默的。

这可能就是加缪荒诞哲学的观点。什么是荒诞呢？"加缪认为，荒诞并不产生于对某种事实或印象的考察确认，而是产生于人和世界的关系，这种关系是一种分裂和对立。一方面是人类对于清晰、明确和同一的追求，另一方面是世界的模糊、矛盾和杂多，也就是说，对于人类追求绝对可靠的认识的强烈愿望，世界报以不可理喻的、神秘的沉默，两者处于永恒的对立状态，而荒诞正是这种对立状态的产物。"（郭宏安〈西绪福斯神话〉:荒诞·反抗·幸福》）

但是回到中国古典诗歌的语境里，我想我们会得到不一样的启示。当我们去叩问的时候，当我们带着自己的问题来到自然面前的时候，我们是得不到答案的。我们大概只能听见自己的声音在山谷当中回荡，我们只能听见自己的问题在一遍一遍地重复。可是这个问题本身就是答案，不是吗？

自然并没有回答我们，可是自然的确在回答我们。自然告诉我们，生命是美的，同时它让我们听一听自己的声音。

我们在繁杂喧嚣热闹的世界里，每天会听到很多种不同的声音，可是有没有一个时刻，我们可以安静下来，听一听自己的声音？自然也许在提示我们，是时候找回自己了。可能这就是我们所有问题的最终答案。

你看起来它没有回答，可是它已经回答了。

12 孤独与永恒

我们这一讲只谈一首诗,《春江花月夜》。闻一多说《春江花月夜》是"诗中的诗","顶峰上的顶峰"(《宫体诗的自赎》)。我同意闻先生的判断。按照一般的文学史的讲法,《春江花月夜》都是放在前面讲,因为它产生的年代比较早。然后才是王维、孟浩然,才是李白、杜甫,才是李商隐。可是我们把顺序颠倒过来。我们这一次唐诗的旅途最后才来到《春江花月夜》这里。王闿运说《春江花月夜》"孤篇横绝,竟为大家"(《湘绮楼论唐诗》)。最后讲这首诗,好像更能凸显它的意义。这首诗的容量很大,放在最后,也是对我们前面讲过的许多诗歌的问题做一个回顾和总结。

我们对张若虚的生平并不清楚。他好像是为这首诗而生的。我们只需要了解他是《春江花月夜》的作者就可以了。一个诗人,并不是凭写诗的数量取胜。不是说写得越多就越重要,越伟大。一个人一辈子能写好一个句子,我觉得就很了不起了。

春江花月夜(张若虚)

春江潮水连海平,海上明月共潮生。
滟滟随波千万里,何处春江无月明。
江流宛转绕芳甸,月照花林皆似霰。
空里流霜不觉飞,汀上白沙看不见。
江天一色无纤尘,皎皎空中孤月轮。
江畔何人初见月?江月何年初照人?
人生代代无穷已,江月年年望相似。

不知江月待何人，但见长江送流水。
白云一片去悠悠，青枫浦上不胜愁。
谁家今夜扁舟子？何处相思明月楼？
可怜楼上月徘徊，应照离人妆镜台。
玉户帘中卷不去，捣衣砧上拂还来。
此时相望不相闻，愿逐月华流照君。
鸿雁长飞光不度，鱼龙潜跃水成文。
昨夜闲潭梦落花，可怜春半不还家。
江水流春去欲尽，江潭落月复西斜。
斜月沉沉藏海雾，碣石潇湘无限路。
不知乘月几人归，落月摇情满江树。

·江水流向大海·

齐梁、陈隋，包括唐初，主流的诗歌是宫体诗，很艳丽，但是很颓靡，诗的语言完全堕落下去，没有丝毫的力量可言。陈子昂说"汉魏风骨，晋宋莫传……而兴寄都绝"（《与东方左史虬修竹篇序》）。张若虚其实很容易会受到宫体诗的影响，会落到那个浮华的风格里去。

我们不要小看传统的力量。有的诗人甚至用一生的时间在和从前的传统做斗争。很多诗人到最后也无法抵抗传统那个强大的力量，写到最后还是没有找到自己的声音。我们前面讲过伤春悲秋的传统。到了暮春，到了深秋，诗人笔下的意象可能就那么多了，情感的类型就那么多了。所以写着写着，这个语言的器皿变得很精致，一代一代的人把它越做越精致，可是它的容量始终是那么大。许多情感从这个容器里溢出来，最后无处容纳了。所以到了"五四"，会有文学革命，要更新语言系统，要有新的语言形式出现。

很幸运的是，张若虚的这首《春江花月夜》没有沾上宫体诗的气息。他没有写那种很纤细脆弱的美。在张若虚这里，我们看到了一个美丽的，但同时很阔大的世界。

诗的第一句，"春江潮水连海平"，他把江和海联系了起来，江通向了海，空间一下子扩大了。其实这首诗如果仅仅停留在前两节，也没什么问题。该写的都写完了嘛。春天，夜晚，江水，花林，月光。作为一首题为《春江花月夜》的诗歌，它已经完成了自己的任务。但如果仅仅是停在这里，这首诗还只能算是一个二流的作品。

我想前面两节其实是在做准备。他写了一个阔大的，但同时很纯净的世界。"空里流霜不觉飞，汀上白沙看不见。"你眼前白茫茫一片，月光照进每一个角落。一个纤尘不染的世界，一个安静的世界。

我们读完前两节，你会发现在这些文字里，所有的声音都消失了，很安静。所有的准备都做好了，好像这一切都是为了诗人和月亮的相遇，为了一个更伟大问题的提出。

第一句里，诗人把江和海联系在了一起，到了后面，他把一个人和整个人类联系了起来，他把自己放在了人类的序列中，他让自己站进了历史的河流。

·如果孤独是必然·

我们这一讲的题目是"孤独与永恒"。孤独其实是人生的常态。最大的孤独是什么呢？就是当我们面对着永恒的自然、不朽的宇宙的时候，我们会感受到自己的渺小，我们会感受到死亡的迫近，我们会获得一种终将逝去的悲哀。

张若虚说"江畔何人初见月"，第一个见到月亮的人是谁呢？"江月何年初照人"，而月亮又在什么时候照见了第一个人呢？第一个问题问的是人类的起源，第二个问题问的是宇宙的起源。这里面其实有一种茫然。当然更多的是失落。

"人生代代无穷已，江月年年望相似。不知江月待何人，但见长江送流水。"张若虚的失落不是一个人的问题，他在自然面前感受到的孤独是属于人类整体的孤独。这种孤独感有一个庞大的谱系。在他之前，在他之后，这种孤独和焦虑困扰着一代又一代的人。

我们在第二讲里讲到怀古诗的时候，我们分析了很多意象，比如说鸟，比如说草木，比如说月亮。这些意象构成了永恒的自然。自然永远在那里，它就像一个参照系，而每一个具体的个人在面对自然宇宙的时候，都会感到茫然。"年年岁岁花相似，岁岁年年人不同。"（刘希夷《代悲白头翁》）"今人不见古时月，今月曾经照古人。"（李白《把酒问月·故人贾淳令予问之》）"自是人生长恨水长东。"（李煜《相见欢·林花谢了春红》）"哀吾生之须臾，

羡长江之无穷。"（苏轼《前赤壁赋》）

每一个个体都是有限的。如果个体注定要被时间遗忘，那么个体存在的意义是什么呢？江月是不是有一个明确等待的人，而在这个人面前，时间也会为之停留呢？

张若虚用的是"不知"。问题好像得不到回答。他只能看到奔流不息的江水，那是不会停下的时间的河流。

·我愿意化作月光·

接下来张若虚开始写很具体的孤独。

"白云一片去悠悠，青枫浦上不胜愁。谁家今夜扁舟子？何处相思明月楼？"这里是一个对称的结构。"白云"对应着"扁舟子"，"青枫浦"对应着"明月楼"。他写一对分居两地，但彼此思念的恋人。诗人用的是"谁家"，用的是"何处"。他写的既是一对具体的恋人，也是一个普遍的状况。

为什么选择的是这样一对恋人呢？因为天底下漂泊着的游子太多了，在月光下无法入睡的女孩子也太多了。而这两种人恰好和今晚的月色、江水两种意象有关。王尧衢说："于代代无穷、乘月望月之人之内，摘出扁舟游子、楼上离人两种，以描情事。'楼上'宜'月'，'扁舟'在江，此两种人，于春江花月夜最独关情。"（《古唐诗合解》）

下面张若虚从哪里写起呢？他从这个女孩子写起。"可怜楼上月徘徊，应照离人妆镜台。"这种在高楼上、在月光中相思的女性形象很常见，比如曹植的《七哀诗》："明月照高楼，流光正徘徊。上有愁思妇，悲叹有余哀。"

这个女孩子晚上一个人在楼上，睡不着。月光好像刻意照在她不想看到的东西上。"可怜楼上月徘徊，应照离人妆镜台。"为什么照的是妆镜台呢？为什么照的是捣衣砧呢？为什么照的不是别的东西？

因为这些都是和他有关系的事物。

妆镜台上可能已经落灰了，很长时间没有打扮过了。为什么？因为他不在了，自己就失去了装饰的心情。古人讲"女为悦己者容"。《诗经》里有一首《卫风·伯兮》："自伯之东，首如飞蓬。岂无膏沐，谁适为容。"自从丈夫去打仗之后，在家的妻子就无心打扮了。装扮好了之后，又能给谁看呢？

为什么照的是捣衣砧呢？古代有一些布料比较硬，所以要先捣过之后才可以剪裁。已经很久没有用过捣衣砧了吧。现在都不知道心里思念的这个人在什么地方，做了衣服又能寄到哪里去呢？

月光一照进来，每一个角落都照到了，可是每一个角落里面都是和他有关的回忆。在这样一个空间里，月光卷不去，拂还来。她只能困在月光里，困在自己的思念里，逃不出去。

接下来，"此时相望不相闻"，此时相望，就意味着我在看，你也在看。我们在讲《黄昏与月光》的时候讲过了，月亮在很多的时候和思念有关，它像是一座桥，连接着不能相见的双方。"隔千里兮共明月"，"海上生明月，天涯共此时"，"千里共婵娟"……

"此时相望不相闻，愿逐月华流照君。"这是我最喜欢的一句。此时我们共同望着月亮，却见不到彼此，怎么办呢？那就让我就化作一片月光吧。前面讲过"何处春江无月明"，月光可以照到每一个角落，这样一来，你不论在哪里，我都可以在你的身边。

我再举几首类似的诗，比如沈如筠的《闺怨二首·其一》：

雁尽书难寄，愁多梦不成。

愿随孤月影，流照伏波营。

伏波营指的是军营。这里是一个思妇的心情，丈夫在外从军，她愿意像月光一样照到丈夫所在的军营。

还有李咸用的《自君之出矣》：

自君之出矣，鸾镜空尘生。

思君如明月，明月逐君行。

·春天要结束了·

接下来，转到男性的身上。"昨夜闲潭梦落花，可怜春半不还家。"这一节有人认为还是在写女性，写女孩子做的梦。落花嘛，古诗词中提到落花，往往和女性有关。"伤彼蕙兰花，含英扬光辉。过时而不采，将随秋草萎。"（《冉冉孤生竹》）"一朝春尽红颜老，花落人亡两不知。"（《葬花吟》）"最是人间留不住，朱颜辞镜花辞树。"（王国维《蝶恋花·阅尽天涯离别苦》）花枯萎了，容颜也衰老了，青春也随之逝去了。

但是我更倾向于诗人在转韵的时候换了一个视角，这样诗的内部显得平衡一些。前面写"谁家今夜扁舟子，何处相思明月楼"，后面如果只是写明月楼，结构上失去了一种对称性。

"昨夜闲潭梦落花，可怜春半不还家。"这里写这个扁舟子梦到落花，也会有感于自己青春的逝去。男性对落花同样也很敏感。孟浩然的《春晓》我们从小背得很熟，这首小诗其实有很沉重的悲哀。"春眠不觉晓，处处闻啼鸟。夜来风雨声，花落知多少。"春天的早上，听到鸟叫才醒来。为什么呢？昨天晚上失眠。为什么会失眠？因为外面风雨大作，即便诗人没有亲眼看见，也知道一夜风吹雨打之后，花就都落了。为什么花落会让人失眠？因为会对应到自己的生命，会想到人也是这样，"流光容易把人抛"。

两个正值青春年华的人相爱，是很美好的事情。可是张若虚在这里讲"可怜春半不还家"，爱情在现实中无法圆满。当然这里的游子也会感到焦虑，"江水流春去欲尽"，他知道又一个春天要结束了，他又错过了她的一个春天。

·一个人的独角戏·

到了最后，"斜月沉沉藏海雾，碣石潇湘无限路。不知乘月几人归，落月摇情满江树"。诗人不再去写明月楼了，不再去写扁舟子，视角转回来，转回到眼前的落月，转回到自己。他想天底下在外漂泊的游子,大概有不少人在这个晚上睡不着。有多少人看着天上的月亮,然后踏上了回家的路呢?

我想特别讲一个词,"摇情"。什么叫作摇情呢?月亮落下去,然后月光和月光里的情一起,洒满江边的树。这个情是什么情呢?

我想月光里应该有那个在楼上的女孩子的情。"此时相望不相闻,愿逐月华流照君",月光里有她的期待。当她抬起头看月亮的时候,她希望自己可以化作月光,可以照着他走过的路。

但是我想提醒你,其实这个女孩子的行动、心情,是出于另外一个人的想象。

王尧衢说:"'可怜楼上月徘徊,应照离人妆镜台。玉户帘中卷不去,捣衣砧上拂还来。'此从月下言闺情,从扁舟子意想出。'可怜'是客子意中可怜也。'离人',客子谓其妇也。'应'是遥度之词。"(《古唐诗合解》)

王尧衢的分析很精彩。诗人写到这个女孩子在楼上的种种情况,其实都是用另外一个人的视角——扁舟子的视角在写的。像王尧衢说的,很多字眼都在提示我们,这些其实是扁舟子的想象。"可怜"是他心里觉得可怜,"应"是他觉得可能是这样。这个女孩子想要"愿逐月华流照君",我想其实也只是扁舟子心里的期待。

就像杜甫在《月夜》里写"今夜鄜州月,闺中只独看"的时候,其实妻子在这个时候不一定真的站在月光下面,只是杜甫的心思跑到妻子那里去了,于是诗从对面飞来,不是写自己思念,而是写妻子站在院子里望月。

所以这里的情,其实是一个有情的人,想象另外一个人的有情。

英国诗人W.H. 奥登（W.H. Auden）有一句很好的诗:"倘若爱不可能有对等，愿我是爱得更多的那人。"

但是我想理解到这里好像还不太够。

其实你会感到奇怪，为什么诗人要写这样一对恋人呢？为什么要写"谁家今夜扁舟子"，要写"何处相思明月楼"呢？我们前面虽然解释过，这两个人可以和江、月两种意象配合起来，而且分隔两地不能相见的恋人在天底下很普遍。但我觉得这个解释还不够。

一个人写作的动机，往往不是来自于外部，而是来自于自身。

其实我们会发现，你看起来张若虚写的是别人，但其实他写的是自己。你看起来他好像写了一种普遍的情况，但是我们可以在很细微的地方辨析出诗人自己的声音。他把自己的生命经验写进了看似与自己无关的情境里。

还是唐汝询看得比较准确。他说这首诗是诗人自己"望月而思家也"，"又睹孤云之飞而想今夕，有扁舟为客者，有登楼而伤别者，己与家室是也。"（《唐诗解》）

这个扁舟子身上有着诗人自己的影子。

我们会发现，这首诗其实是一个嵌套结构，一个现实的情境嵌套着一个虚拟的情境。在虚拟的情境里，诗人写了一对恋人彼此思念，写了一个扁舟子的想象和惆怅。在现实情境里，是诗人在江边望月。而"斜月沉沉藏海雾，碣石潇湘无限路"这一句，很好地把虚拟情境和现实情境缝合在了一起。

"斜月沉沉藏海雾"是回应一开始的"海上明月共潮生",现在月亮落下去了。"碣石潇湘无限路",诗人感叹这对恋人相隔很远,一个在南边,一个在北边,中间的距离好像永远也无法跨越。

"无限",写的是一种心理上的感觉。因为不知道什么时候可以启程。一旦踏上了归途,距离就会一点一点缩短,就不是"无限"了。可是"君问归期未有期",可是"何处是归程",可是"明年谁此凭阑干",可是"无端更渡桑干水"……所以只能是"无限"。

"无限"两个字,也是诗人自己的感受。

在这首诗里,扁舟子的形象和诗人自己是重合在一起的。其实他们本来就是一个人。

所以,"落月摇情满江树",是那个想要化身月光的女孩子的情,是扁舟子想象对方想要化身月光的情,但说到底,是张若虚自己的情,是他的思念和落寞。

这首诗,其实从头到尾都是张若虚的独角戏。

在这首诗的结尾,张若虚是惆怅的。他说"不知乘月几人归",意思是,不知道有多少今晚看见月亮的游子可以赶回家去呢?这里有对那些乘月而归的人的羡慕,但其实也是一声叹息。因为自己可能回不去,而天底下还有许多和自己一样回不去的人。

当然了,"落月摇情满江树",这里的情,不只是思念,不只是自己在旅途中漂泊而且无法回家的哀伤,还有他前面面对一轮圆月而产生的孤独,那种属于人类的大孤独。

这首诗最后就停在淡淡的伤感这里了。张若虚自己也停在这里了。一个和哀伤有关的月夜结束了,一首诗也结束了。

· 爱是永不止息 ·

但其实张若虚自己都没有意识到,当他完成这首诗的时候,他其实已经在回答他自己的困惑和疑问了。

《春江花月夜》里写了两种孤独。第一种是整个人类的孤独。有限的个体面对无限的宇宙,感受到生存的孤独。第二种是具体的孤独,相恋的人因为种种原因无法相见,天涯两隔,彼此思念。

后一种孤独其实是对前一种孤独的回答。

后一种讲的是什么?讲的是思念,讲的是爱而不得。可是你会发现,思念本身并不孤独,因为思念本身就是对思念最大的安慰。

你还可以爱着一个人,你还可以思念着一个人,你就不能说你在这个世界上是孤独的。

后一种孤独恰恰是对人类面对宇宙时的孤独的回答:人生虽然是短暂的,但是爱却可以克服死亡、超越时间。时间并不能抹去爱的痕迹。爱是永恒的。

"落月摇情",最后当月亮落下去的时候,情显现出来,人作为个体的价值显现出来。月亮是无情的,但望月的人有情。情虽然是附着在月光上面的,可是重要的不是那个月亮。重要的是什么?是情。

是有情的人成就了这个无情的宇宙。

这个世界上真正的永恒之物是什么?其实不是谢了又开的

花,不是枯了又茂盛的草,不是去了又来的燕子,不是缺了又圆的月亮,不是浩荡的江水,也不是冷峻的青山。这个世界上真正的永恒之物是爱。

当你看月亮的时候,它才有了意义。

其实张若虚自己大概都没有想到,自己无意中开启了生命秘密的机关。这首诗里有两个"不知"的句式,第一个是"不知江月待何人",后面又写到一个"不知","不知乘月几人归",而后一个不知恰恰是对第一个不知的回答。

江月等待的是谁呢?江月等待的就是乘月而归的人,就是有情的人,就是在某个夜晚抬头望月的人,就是即便因为种种现实因素的阻隔无法回去也依然保有思念的人。

江月等待的是谁呢?江月等待的其实是你。当你有一个晚上辗转反侧,不能入睡,你抬起头来望着夜空中的月亮,它等待的就是你。当你抬头看它的时候,它具有了意义。当你抬头看它的时候,你把你的爱,把你的思念投射在了无情之物上面,才成就了它的永恒。

一代一代的人过去了,无数个在晚上抬起头来看它的人,让它变得愈发明亮。月亮是无数的人思念过、爱过的一个见证。它见证着人类的延续,它见证着爱这种能力在人类身上的延续。

它见证着永恒。

虽然"江月年年望相似",但同时"人生代代无穷已"。

我们的唐诗之旅就要结束在这里了。

我们这场旅途是从崔护的《题都城南庄》开始的。在第一讲里，我们讲到了物是人非，讲到了人生的无常，讲到了不确定。可是我们从无常开始，最后结束于永恒。

人生的确有很多的不确定，可是我们还有确定的东西，我们还可以确定地思念，还可以确定爱着一个人。我想爱是人之为人的标志，是我们存在于这个世界上最大的价值。

我们读了很多唐诗，好像诗很少有快乐的。我们在诗里面读到遗憾，读到悲伤，读到怅惘。可是我想读诗的意义在于，我们可以从诗里面看见美，我们也可以从里面学会什么是爱，学会如何施与爱，学会如何感受爱。

"爱是永不止息。"

参考文献

[1] （明）高棅编纂，汪宗尼校订，葛景春，胡永杰点校. 唐诗品汇[M]. 北京：中华书局，2015.

[2] （清）沈德潜选注. 唐诗别裁集[M]. 上海：上海古籍出版社，2013.

[3] 刘永济编著. 唐人绝句精华[M]. 北京：人民文学出版社，2018.

[4] 马茂元选注. 唐诗选[M]. 上海：上海古籍出版社，2017.

[5] （清）蘅塘退士选，金性尧注. 金性尧注唐诗三百首[M]. 北京：北京联合出版公司，2017.

[6] （清）蘅塘退士选，赵昌平解. 唐诗三百首全解[M]. 上海：复旦大学出版社，2006.

[7] 王步高主编. 唐诗三百首汇评[M]. 南京：凤凰出版

社,2017.

[8] 陈伯海主编.唐诗汇评[M].上海:上海古籍出版社,2015.

[9] 刘学锴.唐诗选注评鉴[M].郑州:中州古籍出版社,2019.

[10] 葛兆光选注.唐诗选注[M].北京:中华书局,2018.

[11] 欧丽娟选注.唐诗选注[M].北京:北京大学出版社,2021.

[12] 俞平伯等.唐诗鉴赏辞典[M].上海:上海辞书出版社,2020.

[13] 闻一多.唐诗杂论[M].北京:北京出版社,2014.

[14] 林庚.唐诗综论[M].北京:商务印书馆,2011.

[15] 沈祖棻.唐人七绝诗浅释[M].西安:陕西师范大学出版社,2019.

[16] 钱钟书.管锥编[M].北京:生活·读书·新知三联书店,2019.

[17] 李泽厚.美的历程[M].北京:人民文学出版社,2021.

[18] 李泽厚.华夏美学[M].武汉:长江文艺出版社,2021.

[19] (美)宇文所安著,郑学勤译.追忆:中国古典文学中的往事再现[M].北京:生活·读书·新知三联书店,2004.

[20] 骆玉明.美丽古典[M].南京:江苏凤凰文艺出版

社,2017.

[21] 骆玉明.诗里特别有禅[M].杭州:浙江文艺出版社,2013.

[22] 俞陛云.诗境浅说[M].北京:人民文学出版社,2018.

[23] 施蛰存.唐诗百话[M].上海:上海人民出版社,2019.

[24] 叶嘉莹.好诗共欣赏:陶渊明、杜甫、李商隐三家诗讲录[M].北京:人民文学出版社,2020.

[25] 缪钺著,缪元朗编.诗词散论[M].北京:北京大学出版社,2018.

[26] (日)吉川幸次郎著,章培恒,骆玉明等译.中国诗史[M].上海:复旦大学出版社,2012.

[27] (日)川合康三著,赵侦宇,黄嘉欣译.中国的诗学[M].台北:政大出版社,2021.

[28] (日)川合康三著,郭晏如译.中国的恋歌:从《诗经》到李商隐[M].上海:复旦大学出版社,2017.

[29] (日)松浦友久著,孙天武,郑天刚译.中国诗歌原理[M].沈阳:辽宁教育出版社,1990.

[30] (日)松浦友久著,陈植锷,王晓平译.唐诗语汇意象论[M].北京:中华书局,1992.

[31] 黄永武.中国诗学·设计篇[M].北京:新世界出版社,2012.

[32]（美）刘若愚著，韩铁椿，蒋小雯译．中国诗学［M］．武汉：长江文艺出版社，1991．

[33] 朱光潜．谈美·谈文学［M］．桂林：广西师范大学出版社，2020．

[34] 葛兆光．汉字的魔方：中国古典诗歌语言学札记．上海：复旦大学出版社，2016．

[35] 王立．中国古代文学十大主题——原型与流变［M］．沈阳：辽宁教育出版社，1990．

[36] 傅道彬．晚唐钟声：中国文学的原型批评［M］．北京：北京大学出版社，2007．

[37] 孙绍振．月迷津渡：古典诗词个案微观分析［M］．上海：上海教育出版社，2015．

[38] 欧丽娟．李商隐诗歌［M］．北京：北京大学出版社，2020．

[39] 欧丽娟．欧丽娟品读古诗词［M］．北京：北京联合出版公司，2020．

[40] 欧丽娟．唐诗可以这样读：欧丽娟的唐诗公开课［M］．杭州：浙江人民出版社，2018．

[41] 蒋勋．蒋勋说唐诗［M］．北京：中信出版社，2014．

[42] 蒙曼．蒙曼：唐诗之美［M］．杭州：浙江人民出版社，2019．

[43] 蒙曼．蒙曼品最美唐诗：人生五味［M］．杭州：浙江人民出版社，2018．

[44] （美）洪业著，曾祥波译．杜甫：中国最伟大的诗人[M]．上海：上海古籍出版社，2020．

[45] 萧涤非选注，肖光乾，肖海川辑补．杜甫诗选注[M]．北京：人民文学出版社，2017．

[46] 王先霈．中国古代诗学十五讲[M]．北京：北京大学出版社，2007．

[47] 陈如江．中国古典诗法举要[M]．北京：人民文学出版社，2016．

[48] 毕飞宇．小说课[M]．北京：人民文学出版社，2020．

[49] 张文江．渔人之路和问津者之路[M]．上海：上海文艺出版社，2020．

图书在版编目（CIP）数据

昨夜星辰 / 高盛元著 . -- 北京：中国友谊出版公司, 2023.3（2025.7 重印）
ISBN 978-7-5057-5468-3

Ⅰ . ①昨… Ⅱ . ①高… Ⅲ . ①唐诗 - 诗歌欣赏 Ⅳ . ① I207.22

中国版本图书馆 CIP 数据核字（2022）第 248495 号

书名	昨夜星辰
作者	高盛元
出版	中国友谊出版公司
发行	中国友谊出版公司
经销	新华书店
印刷	三河市中晟雅豪印务有限公司
规格	880 毫米 ×1230 毫米　32 开　8 印张　164 千字
版次	2023 年 3 月第 1 版
印次	2025 年 7 月第 12 次印刷
书号	ISBN 978-7-5057-5468-3
定价	59.00 元
地址	北京市朝阳区西坝河南里 17 号楼
邮编	100028
电话	（010）64678009